铃子——著

木槿花儿开

长江出版传媒　长江文艺出版社

序

於可训

在我的印象中，铃子是一位儿童文学作家。我读过她写的很多儿童文学作品，深感这是一位富有童心童趣且有独特创作个性的儿童文学作家。也许因为她的职业是编辑，专为他人作嫁，却没有好好地去剪裁修饰自己的嫁衣，所以没有引起文学界足够的重视和注意。从这个意义上说，我以为铃子是一个被低估了的中国当代优秀的儿童文学作家。

好在不论高抬低估，铃子都一如既往地保持她作为一个儿童文学作家所应有的童心童趣，她的这一本《木槿花儿开》，就是一个证明。这本作品集，虽然不属儿童文学范畴，但其中所表现的童心童趣，以及铃子作为一个儿童文学作家所特有的敏锐的感觉和慈爱的胸怀，却昭然若显。读铃子的这部书稿，你会感到有一个满怀慈爱之心的女性，时刻在用她敏锐的触角，轻轻地触碰这个多姿多彩的世界，从身边的亲人到邂逅的游客，从自然界的景物到日常生活的琐细，但有会心，都能激起她情感的涟漪，都能激发她笔下的诗意，铃子因而是一个带有诗人气质的儿童文学作家。铃子的诗人气质，打底子的就是她骨子里的这份童心童趣。

铃子的人生经历算不得饱经沧桑，但从北边的新疆到南边的武汉，也有很大的反差。正因为有这样的反差，所以铃子对南北两地景物人事的感受，就有别一番情味。新疆是铃子儿时的乐园、少年的天堂，也是她的童心童趣得以孕育发生的地方。她的那些回首往事的文字，自然少不了那份挥之不去的怀念之情，尤其是那些对父母和兄长的眷念文字，字字泣血、声声含情，读来让人怦然心跳、悄焉动容。这些怀旧的文字，也是铃子的一次重返心灵的故乡之旅，由此也可以得见洋溢在铃子的创作中的那点真情和爱心之所由自。武汉的珞珈山，则是铃子的人生画卷逐步展开的地方，她在这里求学，在这里恋爱，又在这里结婚生子、成家立业，她把她最美好的青春岁月、最富创造力的年华都献给了她心目中的这座圣山，因而珞珈山的一草一木、一景一物，对她来说，就不仅仅是普通的自然景观，而是如古人那样，被她视之为"梅妻鹤子"，灌注了无限深情。她的那些歌咏珞珈山的诗作，无论新旧，都有一种亲情流淌其间。她把这种亲情扩大到她所居住过、所旅行过的地方，让她的所见所闻、身历心受的人事，都染上这种亲情的色彩。读她的作品，因而就如逢者旧，如见故人，有一种说不出的亲切之感。

即兴作诗，即事成文，是文学创作的一种传统，也是文学创造活动的一种原始形态。正因为是兴之所至，有感而发，情之所动，因事而生，少了许多为创作而作的谋划和构思，也少了许多形式上的规范和约束，因而较之一般的文学创作，就显得格外自由灵动。铃子把这部作品集称之为"即兴诗集"，大约就含有这一层意思，收在作品集中的诗歌，也确实显示了这种"即兴"创作的特征。这种"即兴"创作，不是"顺口溜"式的不假思索、张口就来，而是基于一种内在的文化修养和文学底蕴，借外物的触发，瞬间凝聚，自然生成。这样的创作状态，有点类似于公安派所说的"信腕信口，皆成律度"，是一种见性情的作品。铃子的这些作品，诗无论体式新旧，文无论篇幅长短，都是这种能见真性情的作品。从这个意义上说，铃子又是一个性情中人。

　　我喜欢性情中人，也爱读见性情的作品。在铃子的"即兴诗集"即将出版之际，我应约写了这点读后的感想，以示祝贺，同时也希望铃子通过这样的即兴创作，更好地发挥她的童心童趣、至爱真情。

2021.10.16 写于珞珈山临街楼

诗意斑斓，诗心火热

王必胜

本书是大学同窗铃子（宋玲玲）近来的作品。先前略知她勤奋写作，爱好文学。近两年有了微信，方知她写有不少诗，古体的、现代的，长句短章、律体辞赋，并创作了不少的儿童文学作品和散文，在文学界产生过一定反响。一个诗心如火、诗意斑斓、富有文学情怀的"写者"，立马展现。

老实说，虽有三年同窗之谊，那个特殊年月，基础的和专业的学习尚在初级阶段，懵懂时期，在文学之门徘徊观望，还没得法，未及堂奥，就匆匆步入社会，人生之路、专业之路何往，并没有明确指向，同窗时浅，恶补基础，专业和学业，彼此也无记忆。现如今，岁月淹忽，奔波劳碌，人生迟暮，学业面貌仍不甚清晰，她的这些散发墨香的作品，令人刮目相看：一不小心，同窗中出了个诗人。

记得辛丑初秋，同学聚会，说及她的诗，我以为有唐人之味，古风之好。后来，承蒙不弃，嘱我作序，同窗同好，却之不恭。

铃子写诗自何时始，不得而知，而本集中多为她近五年的作品，尤在晚近两三年，她诗兴勃发，不可收拾，渐入佳境，遂有了可观收获，成了诗坛"大龄新人"。她自况，写诗是自娱自乐，写给自己，无多拘束，或晒朋友圈，"求其友声"。没有功利性，或许成全了诗者自由心态，成全了她诗情幽幽、诗意斑斓、诗意人生之乐。

诗，被认为是文学的"珠峰"，艺术皇冠上的宝石。古训有：不学诗，无以言。时下人们憧憬生活中无边的诗意和无穷的远方，诗，不仅是一个穿越时空的文化精灵，也是人们航渡精神彼岸的灯火。作为高雅又大众的语言艺术，诗，也考验作者功力。诗是国粹，特别是旧体诗作，古风骚体，文脉久远，臻为华夏艺术瑰宝，后学者有着可想而知的难度。然而，"人间要好诗"，"大雅久不作"，纷纷攘攘的诗坛，如今，期待诗的重振，呼唤缪斯女神垂顾，也期待古韵新生。好诗何在？为大众青睐和认可的诗歌，在诗坛，在圈内，多年来一直是被翘首以盼的。

作为业余诗者，玲子无意在这个背景下，束缚自己，证明自己。恰是这一身份，让她的诗，平实，舒放自在，淡然快意；源于内心，无矫饰，不唯发表，捕捉美好与善良，写亲情友情，即使写英烈先贤，写来也情怀悠悠，兴味逸出。先人论诗云，我手写我心，玲子的诗是也。

诗题上，斑驳琳琅，大小由之。举凡世情人心、自然风物、生活日常、生命情怀、翰墨文事，等等，洋洋大观，自成气象。她咏物，行旅，唱和，在某些生活时段，诗成为她的日常重要内容或状态——走游即诗，读思得韵，感事成文，观物有情，或可概括。在诗风上，注重变化。自由体的不羁，长排律的浑然，小场景的清新，拟仿体的戏谑，数字诗、藏头诗、月令诗的风趣，不一而足。仅举诗题一类，管窥全豹：风物观情的有《木槿花儿开》《狗尾巴草之歌》《观屋边竹》，世事感悟的有《爱你如初》《我的江湖》《待我白发飘飘》《我相信》，游历寻访的有《过鸟巢有所思》《我在天山顶上浴风》等。诗写平常，即兴而作，感悟人生，烙有自己的印迹，有了一定辨识度。

玲子诗注重意象生发，在自然物事中描绘生命，抒发情怀，平凡世相，活色生香。母校珞珈山的春日赏樱，夏天观荷，冬天寻梅，还有，通人性的"小狐仙"出没于校园，与人为友，这些诗，写自然物事，四时佳兴，既有对生命的尊重，也有情怀的张扬。"一切景语皆情语。"对大自然，诗意描绘中生发人生情怀；感悟世事中，领略浮世风华，形象、具象、哲理，相融相谐，所以有了如下诗境——我们白发相守，爱你如初；我们背起行囊，江湖浮生；我们田园开圃，享受人伦……描绘现实人生状态，生命情态，有情怀，接地气。古人说，诗者，思也。玲子写有一些哲理诗作，从习见物象中，抽绎出精神意象，平凡景物见诗意。比如戏说闻道与醉酒的蝴蝶。蝴蝶，是她诗中多次描绘的物象，借以表达对社会世相灵动、华美与自在的赞赏，或者，有如庄周对生命延续转化的认知。植物、动物、自然、生命，由具象生发，意象生成，诗意和诗境，得以扩展。

当然，我感受最深的是，她以古雅诗风，接续律诗古体文脉，大量的古体诗，仿古风，凸显对古诗律体的钟爱与活用。有人说，现代诗重哲理，诗情激昂，诗意多解，诗句不羁；而古风律体，重形式求工整，在限制中见自由，尤考验诗人多方才能。律诗古体在当下有些式微，热衷者寥寥，除了形式限定之外，语言的造诣，典雅精致见作者功力。敏而好学、钟爱古诗的玲子知难而上，在炼意，用典，及至韵律、平仄方面，有些心得。一首无题诗，可见一斑：

借来洪湖一方家，独享童趣万簇华。

鸥鹭自在频戏水，蔷薇悠然总开花。

一念春风拂朝露，半湖秋霭伴晚霞。

抛却尘世千万事，且吟月光慢沏茶。

　　她的古风旧体，写生活劳作、自然风物，以及游历寻访等，上接古人，或隐约可见古诗遗韵。陶诗的萧散，孟德"短歌行"的沉雄，老杜独步江上寻花后的喟叹，以及李太白的飘逸，王维的祥意，东坡的旷达，是后人热捧的，也是玲子"偷艺"的基本项。这里，并不是妄言攀附，天下诗文最容易也最难的是对经典的膜拜后的活用与借鉴。

　　最后，不想挑剔她什么，也不作什么期许。作为"新人"，特别是旧体诗的多产者，诗人之路严苛，漫漫修远。我相信，明慧的作者，最知晓自己，不容我等饶舌。恕我的偏执，诗，是天才的事业。艺术，多取决于天性或天分。所以，打开了诗之门，有了如火的诗心，坚持下去，日有精进。本来，人生晚年，这高雅之好何其难得，如同她自己诗中所写："我愿把诗种在心里，把远方，种在诗中。"有诗，又有远方，何乐而不坚持呢？"坚持数年，必有好处"，伟人如是说。我也学舌。打住。

　　　　　　　　　　　　　　　　　　辛丑冬月北京

目 录

第二辑　　山水盈盈处

第 一 辑

木槿花儿开

木槿花儿开

风儿来了又走
云儿走了又来
两只白鹭飞过
一树木槿花开

一朵两朵三朵
我坐在岸边
凉风走了又来
我看着木槿花开

都说你朝开暮落
都说你暮去朝来
云儿来了又走了
我独坐岸边
看木槿花开

待到有一天
我的梦再也飞不上云彩
我的脚步也无力风里去雨里来
我的指尖点不开这缤纷的世界

就让我独坐岸边吧

听风听雨

听这一树的木槿花啊

暮落朝开

2021.7.29，徒步湖岸绿道随笔

爱你如初

你是星河那颗闪烁的星
我会扯云当被
不许你看到我的梦

你是破茧而出的蝶
我会吐丝作茧
不许我长出翅膀跟从

你是五彩缤纷的花园
我会隐匿草丛
让枯叶遮挡我的眼睛

你给我念情诗
我会永远永远不懂
而且睡意蒙眬

你掬一捧清泉给我
我会不小心洒落一地
永远不会一饮而尽

当你嘲笑我傻、笨拙时

我会偷偷一笑

庆幸你落入我的陷阱

你长叹一声离去

离去不再回顾

嘻嘻

你可知

我爱你如初

2021.1.20

迷失在花海

珞珈才子何五元来访，一行人约好到观音岛摘桃，不料却被一片野花迷醉，流连忘返，把摘桃子的事也忘到了九霄云外了……

你是天边那一朵飘飞的云
还是远方那一片奔涌的海？
你我汇作一个欢蹦乱跳的日子
唤梦中的那个桃源醒来

桃源醒来还是未醒？
我们却迷失在一片花海
花儿漂浮在水的中央
观音菩萨的笑容也那么慈祥
这里的阳光也笑容可掬
我们舞动的梦里青春
却找不到回去的地方

桃源已不知它在哪里
回不去的青春却在这恣肆汪洋
花儿与少年放牧着一个《驷马难追》的故事
故事的回眸一笑

灿烂了这迷失在花海的游牧时光

2022.5.29，于藏龙岛

我只是一阵风么？

假如你是睡眼迷离的姑娘

那我啊，就是沉迷于你的情郎

冬天来时

我啊

一片片捡拾你黄叶满地的愁绪

一枝枝点化你芦花披霜的忧伤

一遍遍轻抚你孤舟横卧的寂寞

一回回歌唱你衰草连天的悲壮

我轻轻撩动你碧波荡漾的柔情

我悄悄嗅吻你在水一方的幽香

春天已经来了啊

你这沉睡未醒的姑娘

我多想为你梳理翠绿的水中秀发

引诱你两颊的野蔷薇舒枝开花

呼唤成千只红嘴鸥在你的睡梦里喧嚣

放飞亿万只蝴蝶化作你的嫁妆

斟两杯春雨把你的眼眸浇醒灌醉

唤一行白鹭做你最美丽的伴娘

春天已经来了啊

醒来吧

我的美丽的睡眼迷离的姑娘

2022.2.13，有感于未睡醒的汤逊湖及沿岸风景

有感情人节

既然花儿依然开着

那么

就这样远远望着吧

何必要去采摘它呢

当它枯萎在你的手里时

你不会心疼么？

既然花儿已经落了

那么

就把那凋零的花瓣拾起吧

何必要去丢弃它呢

当它的余香沁入你的心脾时

你不会心醉么？

既然没有一朵花为你开放

那么

就把自己栽种成花吧

何必要去悲伤呢

你难道不知，当你漫山遍野地灿然盛放时

你的笑也绽成一枝花了么？

你的笑也绽成一枝花了么？

2022.2.14 情人节

我行吟山河

我行吟山河，

抛撒繁花三千，

醉捧落英万朵。

折樱为笔，

临湖蘸墨，

画你眉眼盈盈，

歌你曼舞婆娑。

又唤得春风几回沉醉，

几回凝眸？

2021.12.1，于珞珈山

情人坡的山茶花

不知经过几世的轮回

让我在此与你相遇

情人坡的无意一瞥啊

你已将我的痴魂儿摄去

曾经无数次地路过

看樱，看梅，看彼岸花开

却没有遇见过你

让我做你半世的情人吧

就在这情人坡——

一脚踏入便相思如海的地方

妖娆又野性的山茶花儿啊

你我也许早就有着缘来缘起——

我住山之南

你住山之北

日日相望未相逢

同饮珞珈水

当你远远看见珞珈山间小路上

走来一个女子

那必是我，来看你

花开时，让我化作一片片花瓣

与你一起妖娆妩媚

向春致意

花落时，就让我的痴情留在这里吧

守望曾经和未曾盛放的花讯

捡拾情人坡一叶叶飘落和摇曳着的故事

2021.2.22，于珞珈山

樱花树下

一年一度，珞珈山的樱花又开了。

花开时如云似雾，花落时炫舞如蝶。盛放枝头纤尘不染，坠落红尘洁净如雪……

珞珈樱花，以她惊世的美丽迷醉了万千游客，以她对珞珈的一往情深，绽放出一朵朵旷世佳话……

当山色朦胧在月下，

当春风匆匆远行，

当鸟儿衔着叹赏归巢，

当迎春花在寂寞的湖边照镜，

哦，万般妩媚的你，

在喜乐中飘零。

你的美丽惊醒了珞珈山水，

你的笑容甜蜜了得意的春风，

你的纯洁沉醉了他与她的相遇，

你，自携一缕香魂，

化作漫天花雨，

在夜色里炫舞红尘。

我在夜樱树影下，

捡拾着你的美丽，

收藏起你的每一瓣笑容。

捧吻着跌碎一地的喜悦，

追捉着青春的倒影，

在月光下醉意朦胧。

你这尘世间最纯情守约的情人啊！

哪怕只是七日佳期，

你的美已惊艳了人间的岁月，

让时光动容。

请让我在夜色朦胧中，

敬你一杯月光花影酿的酒吧，

此刻，我已满斟。

3 月夜，樱花树下

情人坡上彼岸花

情人坡不知何时突然间冒出来漫坡的石蒜花，也叫曼殊沙华、彼岸花，而我听见大学生们叫它烟花。烟花！好浪漫的名字！真的像天空盛开的节日烟花啊！

珞珈霸道的绿色一手遮天，
阳光都得从绿的缝隙挤进来。
白云被屏蔽了，
无论怎样招摇，
它只能在绿色之上悲叹。

荷叶在湖水中画圆，
就连屋顶，
也琉璃着绿色的瓦。
可是，这是秋天啊，
只想与彩色遇见。

情人坡你是在为秋天代言？
漫山漫坡，朵朵奇花，
嫣红一片。
学生说：这就是烂漫烟花啊，

落在情人坡成一地惊艳。

遥远地传来一个声音，
这是曼殊沙华彼岸花呀！
花叶不相逢，一世不相见！
两两三生里，
各自空牵念！

情人坡你是在为有情人代言？
情的春秋犹如这艳色红花，
美妙绝伦惊世铺张，
然而你想捕获它，除非在
烟花彼岸？

也许那晚的风太大

也许是那晚图书馆的风太大?

把《聊斋》吹落了书架?

纸页被吹得哗哗作响,

从而翻动了一段佳话:

你从发黄的纸页中闪跃而出,

临窗一纵,

隐入了美丽的珞珈。

丛林包围着一座座深院,

300 多年的寻觅

谁说这不是你梦想中的家?

你是爱花爱笑不避太阳的婴宁,

还是顽皮的小翠,

抑或是青风、红玉……

来寻梦赏花?

身裹绒篷你是才别《聊斋》?

长拖金尾犹如佩剑巡山,

迷人的眼眸荡漾着你 300 年的故事,

美丽的脸颊诉说着对人世的留恋。

哦，

一本书引来了一阵风，

一阵风吹来了一个精灵，

一个精灵唤醒了一座山，

一座山的日月里荡漾着《聊斋》倩影

……

2017.12.8，写给珞珈小狐仙

珞珈秋思

未名潭，
怎么看你都是一湾幽幽美酒哦，
谁人将你的醇美一饮而尽，
然后吐诗成莲？

珞珈山，
怎么看你都是一个翩翩才子呢，
谁人对你的俊逸一往情深，
然后凝眸成潭？

老斋舍，
怎么看你都是一幅琉璃故事啊，
谁人对你的流韵一呼百应，
然后守诺成禅？

2017 春

银杏·大地·蝴蝶

秋天，
我走在银杏树下，
有几片树叶儿开始变得金黄。
小扇儿一样的金叶手拉手，
从树梢上翩翩飞下来，
似一对追逐的蝴蝶，
扑向低低的尘埃。

哦！尘埃！
此刻才知你渺小的伟大，
你伟岸的低矮！
你托举五彩缤纷给整个世界，
你接纳所有的落寞尽入胸怀，
你给予，你美丽，
你接纳，你慈悲。

我是银杏树上亿万个蝴蝶，
我翩翩起舞，
炫舞出亿万重金黄的秋色，
挥洒出千百年的风声雨声。

亿万只蝴蝶飘逸飞落，
慈悲的大地啊，我是你
美丽的蝴蝶。

2016 春，于珞珈山

珞珈之秋

樱花醉了，

从春的树梢跌入秋的枝干，

摇曳着岁月的悠闲。

教五楼飞扬的诗情，

燃烧了门前的秋叶，

楼前广场浸泡在彩色的哲思里：

春与秋踏进了同一条河流，

演绎的是变或者不变？

永恒或者瞬间？

紫玉兰与你的清高唱和着，

喜悦了一丛学子的天空，

还有那欢腾着的，

殷红的凌霄。

2021 秋

开在此岸的彼岸花

珞珈山的情人坡，

曾有一对情侣在此分别。

春天来时，

漫天的樱花，

是那对情侣飞舞的话语，

秋色浓时，

满坡的彼岸花，

是那对情侣嫣红的忧郁。

据说，那对情侣早已化作樱与枫，

相守相望在校园里。

那么，

开在此岸的彼岸花，

又会是谁与谁的青春故事呢？

2019.9

漫步珞珈

那天，我在校园随意溜达，原本想悄悄地捕捉一只草尖的蜻蜓，不料，却扑棱棱将一群林中栖息的鸟儿惊起。

那天，我在校园随意散步，原本想采摘一枝莲叶在手，谁知，我却采摘到了朵朵涟漪。

那天，我在校园随意走着，原本想攀几级石阶，谁知，我却迷失在了山那边的丛林里。

那天，我在校园随意闲逛，原本想捡一个秋天回来，不料，我却捡回了四季。

2017.10

泣雪狐小仙（一）

珞珈山，来了一只雪狐，与曾经的火狐相依珞珈——可爱的二位狐仙哦！你俩，一个似流云飘逸、雪地绽樱，一个如烈焰蓬勃、山火飞腾。不知你俩前世可曾相约，此生可曾遇见？你俩同驻珞珈山，莫非是一段未曾相识的金玉良缘？还是各负一段使命，各有一片蓝天？

或许，许多年以后，你俩学习修炼圆满，将不再以原形出现。那夜月清辉里，那石板远陌上牵手而行的美妙恋人，那樱花园中飘飘洒洒的樱花雪雨，那梅园树下摇动的缕缕暗香，那丛林掩映处一声声悠长的天籁，谁能说没有你俩仙气缈缈的香魂缭绕呢？

泣雪狐小仙（二）

你来，唤醒了一座山的美丽，
你走，染红了整个天的边际！
你听见珞珈学子的含泪呼唤了么？
你看见耄耋老教授泪洒诗篇了么？

情人坡上漫山遍野的彼岸花是你么？
秋天里努力开着那洁白的樱是你么？
樱园，梅园，枫园……
那飘落的片片秋叶是你么？

石板小径上翩翩远去的少女是你么？
天空中悠悠远去的白云是你么？
图书馆已经合拢的《聊斋》里有你么？

未名潭荡漾着的，是你的魅惑么？
草丛林中惊飞的，是你的心思么？
那缭绕在珞珈媚眼盈盈处的香韵悠长，
又怎么会不是你呢！

天空的云聚拢起来，

如堆积的雪如盛开的樱，

如银色的花如飘零的梦……

是在迎接可爱的小白狐仙的到来么……

2018.9.30 晨

我是一支湖岸的芦花

上午湖边观芦花，下午收到来自远方的花种。遂拙文记之。

秋，悄无声息地

摇落了我的春夏

冬，来到我的身边

赠予我满头霜发

谁说我白发苍苍啊

我是一支湖岸的芦花

看啊看啊

我身披着粼粼日光

凝望着荡漾的蓝色童话

我的脚下酝酿着野蔷薇的梦幻

耳畔倾听着春的犁铧

昨天风儿送我一颗花种

已然埋在了我的脚下

春天它会开出美丽的花儿来

或许是玫瑰，或许是月季

或许是一棵美丽的朱顶红

哦，花儿已经种下

春天来了的时候

它一定会在我苍苍的发梢

在我的眉间心上

发芽。

2021.1.17，于藏龙岛

一定是那群浪子

一定是那群浪子

浪子海鸥衔来了春的种子

要不

怎么几天不见

春色已满岸喧嚣了呢

当春柳还在照镜自赏

陶醉于自己的婀娜妩媚时

一树雪白的樱花

犹如一个素颜佳人

早已教半湖春水心潮涌动了

还有那桃之夭夭灼灼

撩拨得风儿都流连忘行

梦想嫁给这一树桃花

桀骜的野蔷薇丛已酿好了春的故事

只等哪一个蜂蝶纷纷的早晨

绽放出不羁的佳话

紫叶李其实已芳心暗许

一湾美美的清溪

便是一生的相守

一世的相依

噢，浪子海鸥已去了远方

却种下了一路春色

喧嚣而又静谧

2021.3.7，写于藏龙岛徒步归来

诗人的花园

有一位浪漫的诗人
他用飞扬的诗情
浇灌出了一座花园
花园飘浮在云天之下
在尘与土摸不着的人间

妩媚的花儿舒展出万千柔情蜜意
引逗着七彩的鸟儿也偷偷窥探
凌霄花悄悄地告诉它
我曾用我的红唇
亲吻过云霓的衣带
于是鸟儿叼来一片云朵
放在它的红唇边

山牵牛与紫藤相看两不厌
铁线莲爬得曲曲弯弯
却笑得繁花乱颤
金银花愿化为一樽醇香的美酒
等待与彩色的岁月一醉方休

诗人的花园穿越了时空
季节在这里也有点痴癫
就连那小池的游鱼
都在把时空来回串连

诗人在花架下洒了诗酒一盅
于是，鱼儿游过来
喝着喝着，醉了
醉成了情诗一盅

诗人的花园缭绕着诗人的浪漫
花鸟鱼虫就是诗人的王冠
每一朵花都讲述着诗人的故事
每一首诗都绽放在花蕊之间

写于诗人的花园观后

我的江湖

铁爪雪羽，掠风而降

你这素衣飘飘的仙子

漫步水草盈盈处

走一行不染纤尘的诗

什么时候开始

我的江湖

走来了玉洁冰清的你

二月

浪子海鸥表演跌落云烟的故事

惊醒了一湖春思

未及万物伸个懒腰

不羁的你哦

便衔起涟漪中荡漾的云朵

追风而去

四月

野蔷薇媚惑着春风细雨

艳丽了一叶叶晨曦

未曾待我采一枝戴上发间

妩媚的你哦

便凋落了一岸的繁华

芳吻尘泥

七月

纯净的莲花如美人袅娜出浴

羞惭了三生世俗

未闻游冶郎歌晚

亭亭的你哦

便躲进幽思深深的翠房

怜子成痴

我的江湖花开花落了

我的江湖云水总是相依

我的江湖鸟儿来了又去

我的江湖走来了在水一方的你

铁爪雪羽，御风飞舞

你这素衣飘飘的君子哦

漫步如诗如画

振翅云卷烟雨

是不是从今开始

你，就是我的江湖

2021.8.31，于藏龙岛

歌"九子抱母"银杏树

同学的先生小龙开车，在盘山路上爬啊爬啊，爬到海拔1800多米的茅坝塘。这里有一棵1500高龄的高山银杏树，名为"九子抱母"。九棵分枝树紧紧环绕母亲树而生，高大茂盛，直插云天，似乎在向世人宣示着母亲的伟大，母爱的无边。

在宣恩深山里，

云天之下，群峰之顶，

傲然挺立着一个1500高龄的母亲，

九个已经健壮无比的儿子，

将伤痕累累的英雄母亲啊，

紧紧地，紧紧地拥抱其中。

1500年岁月的沧桑洗礼，

洗不去天地人间的母子情深，

1500年的风雨雷电啊，

摧不垮一母九子的相拥而生。

绕树三周，

我感慨万千

意欲仰天发出我迷茫的追问。

却听人言：

无须问苍天，

九子抱母就是苍天赐予世间的额匾，

何须问大地，

九子抱母就是河山回馈给人间的生存方案。

从此，我永远忘不了啦

1800米海拔山区，

有个地方叫茅坝塘，

那里有一个1500年的动人故事

那里有一个伟大的母亲

和她的九个知恩回报的孩子。

2021.6.26

看湖边老人鼓乐有感

我的天地很小

我的天地很大

小到所有的曾经都匆匆逃离

还带走了装满曾经岁月的行李

我的天地其实很大

蓝天白云，秋月春花

鼎沸了我心海的繁华

我很老

我很年轻

老到听不清树间蝉鸣

分不清鹭鸟溪蛙

牙齿的缝隙还塞满嘻嘻哈哈

我很年轻

我的心追得上海鸥飞翔

我的歌拽得住飞鸟的翅膀

我的眼捕得到星光鹭影

我的琴不会摔碎在子期墓旁

我爱看寒鹭独立枯枝

喜瞧飞蝶总恋秋花

我孤弦堪对月语

我御风能向天涯

世事总尘埃

万物有苍穹

我的天地很小

也很大

2021.9.23，环岛徒步归来

野蔷薇

你这野性十足妖艳迷人的花儿哦！

谁教你一夜之间就媚惑了汤逊湖两岸？

你看那千顷湖水，

因你的招摇春心初泛，

看那蜂儿蝶儿，

因你的美艳徘徊流连。

风儿偷吻，杨柳情牵。

你是春风送来的水畔伊人，

还是夜雨酿出的醉意阑珊？

2020，于武汉·藏龙岛国家湿地公园

有一种味道叫青小农

好久没有吃到这么好吃的苹果了

脆甜那就不用说了

关键还满口清香

只咬了一口

突然就把我送回了少年哈密苹果园……

那里的苹果饮的是天山雪水

餐的是风霜雨露

从来不受农药的围困

围困它的只有蓝天白云沙枣花香

你如果采下三个两个放在桌上

满屋都是藏不住的香甜……

现在摆在桌上的苹果叫黄金维纳斯

养育它的叫青小农

青小农我不知道你咋复制了我童年的味道

你笑着递给我一摞检测报告

我这才明白原来美好的事物都是相通的

它们可以穿过千山万水来到你的生命中报到

我忘不了家乡的香甜美味

我记住了你的清纯天然的名字

它叫黄金维纳斯——青小农

2020.1.3

来了，你就是一个少年

——写给来赏樱的我的天山少年小伙伴

你翩翩而来

为了赴一场樱花之约么

还是为了追回曾丢失的

少年情怀？

八千里路的阻隔

天山——珞珈山

你翩翩飞来了

珞珈山早已经为你备好了青春的姿色

朵朵樱花悄悄告诉你少女的色彩

滴滴雨水倾情送给你童年的欢乐

条条樱花路上都印有"少年情怀"

来吧我曾经的少年伙伴

珞珈是一座年轻的山

不管你白发苍苍

还是步履蹒跚

来了

你就是一个，

妥妥的美少年。

2021.3.6，于珞珈山

你的太阳
——诗人吴晓印象

记得，你有一首诗叫作"太阳"，
是了是了，
激情四射的珞珈诗人啊！
你的太阳在哪里，你就在哪里！
你在哪里，你的太阳就在哪里！

你看你看啊！
西湖晨曦微露，
太阳已从你的眉间心上升起，
西湖晚霞尽染，华灯初上，
太阳从你书页的字里行间升起。

都说珞珈山走出的人啊，
才华洋溢，放浪不羁，
这就是了啊，
你信马由缰的青春，
不正是浪迹在你的茶桌前、
板凳上，
书里，眼里，呼吸里么？

当诗情如泉喷涌而出时，

哪怕只是一桌一椅，

也会幻化为高山之巅

于是，你的太阳，

便从这山巅升起。

2020.11.3，于惠州风雅颂茶社

这不是一个传说

——《珞珈赋》作者五元漫记

这不是一个传说

这是一个少年真实的故事……

很久很久以前，

珞珈山来了一个翩翩少年，

他轻轻地挥笔一赋，

珞珈即刻涛声约若，清风可饮，

千虫鸣唱，百鸟吟歌。

大师云集，桃李灼灼……

一个少年来了，一座山，活了。

几度金桂香，几度樱花开，

少年轻轻挥别七彩斑斓的山峦，

来到珠江岸，岭之南。

种满园花色，酿岁月美酒。

花儿与少年，在他乡。

很久很久以后，

那条落樱堆雪的石板路上，

珞珈山来了一个翩翩少年郎，

他轻诵诗句：永是珞珈一少年……

珞珈即刻，涛声依旧，清风如常，

樱花如云，桃李飘香。

昔日学子争相归来，

归来仍是昔日少年郎！

一个少年来了，一座山，少年了。

少年将《珞珈赋》酿成了美酒轻洒在樱雨纷飞的小路，

轻洒在春风摇曳的山林，

轻洒在微波荡漾的湖水中央，

轻洒在每一片红叶之上，

于是，珞珈溢满了，辞赋酒香，

一个少年来了，一座山，醉了

……

2020.11.4，于珠江岸

原　谅

北上的列车已经开了
美丽的深圳珠海惠州广州啊!
能否不要从我的视野里急急退去?
能否让我再掬一捧珠江柔柔的水,
荡一回西湖摇摇的舟,
捡一枚深圳湾亮亮的贝,
走一回珠海那飘逸的桥?

假如不能,
那请你告诉我,
哪里有能工巧匠?
我想做一枚盛满温馨的书签,
把珞珈人的深情,
小心翼翼镶嵌进我的年轮之书里?

我想要一把岁月铸成的锄,
把对每一位珞珈少年的祝福,
深深地种在我家的小园,
直到春暖花开时……

假如还是不能，

那就请原谅我吧！

原谅我总也驱不散的离愁，

总也擦不干的如雨的情绪……

2020.11.5，于广州回汉列车上

十五的月亮

十五的月亮又挂在了云间天上
不知它可曾照亮了我的故乡？
故乡的人儿是否还与从前一样，
那月下围坐聊天的，
是否有我的爹娘？

柔柔的月亮来到了树梢之上，
不知它可曾照进了你的心房？
你的笑容是否还与少年时一样，
那桂花树下的茶桌上，
是否飘散着缕缕书香？

多情的月光牵住了我的惆怅，
不知它可会让我的秋绪信马由缰？
我的红尘是否还与混沌未开时一样，
那弥漫人间的，
是无解的心绪还是淡淡的桂香？

2020 年中秋

放生的女孩

除了风除了云除了池荷，

每天清晨，

小岛的绿道上，

我都会遇见一个独自放生的女孩。

她提着一个淡粉色的水桶，

无数条生命在此游去游来。

一袭黑衣遮不住她的温婉美丽，

一抹微笑能让千愁万绪化开。

她低头默默地念着经文，

轻倾粉桶，

小小生命便欢快地游入湖海。

不知道女孩她来自哪里？

也不知道她何处得来的慈悲情怀？

当炎炎夏日一切都那么地焦躁尖锐，

藏龙岛绿道上却有一个温婉的女孩。

她的善良如同一湾清清的湖水，

她的美丽随着那莲花盛开。

她或许就来自那莲叶田田处？

她或许随着风儿翩翩而来？

哦，在藏龙岛美丽的绿道上，

我每天都会遇见这个放生的女孩。

但愿你的善良与浩浩汤汤的湖水同驻，

但愿你的美丽唤醒红尘千树万树花开。

2019.7.30，于藏龙岛

我不知道

一只白鹭从水草间飞起，
我不知道它与水草有什么秘密？
岸边的芦苇像一排排士兵举旗待命，
我不知道它们何时倒下，何时不再结集？

野蔷薇一丛丛簇拥水旁，
我不知道它们究竟为谁开放？
叫不上名字的野花在草丛中像彩色的星星，
我不知道谁把它们带领到了这里。

野生的金银花香气浓郁，
我不知道它将为谁送去清凉，
解除谁的戾气。

我不懂风说着什么，
不明白鸟儿议论着什么，
不清楚杨柳舍不得谁的离去，
不知晓湖面上为什么有云在走着。
不知道太阳会陪我走多久远，
不知道明天的后面还有多少重阴天和晴天。

我不解花语不解风情，

于是我乐着，跑着，朝着所有的不知道，

不知所以地傻笑着。

2019.4.30

游乌镇

初次谋面，便是钟情。

小溪橹轻摇，

摇出古今一段段故事，

石桥身微弓，

送走迎来茅盾的子夜微明。

木屋木窗念叨着木心的诗与画，

水镇水乡泼洒出一幅山水柔情。

我坐在你的身边，

看历史乘着船摇摇晃晃远去，

还没来得及说声：您老走好，

导游便挥舞着小旗，

横扫了我与历史的对话。

那么，再见吧!

那么，再见了!

嗯嗯，或许在某年某月的某一天

会有一个不甘寂寞的老者，

蹒跚地走来，

坐在你的断岸，

念着木心的诗，

在子夜，拽出一个乘船而来的

黎明。

2019.5.31

六月三日寒山寺访古

为了寻找一首诗，
我来到，寒山寺。
想知道寒山寺是否真有一座山，
想看看枫桥下是否真有客船，
想听听夜半钟声是否还余音袅袅，
想问问诗人的愁绪是否还千古绵延。
想亲敬寒山拾得一炷香，
再枕着月色独卧桥边。

寒山寺其实没有山，
枫桥边却真有来往的客船。
缓缓的古运河就从寺门口流过，
夜半的钟声流淌在人们的心间。

诗人驾鹤飘然远去，
种下的诗愁却已长入云端。
寒山的诗正在点化迷惘的世人，
拾得的智让痴迷的人们忘返流连。

寒山寺谁说没有山？

你看那千年前唱响的《枫桥夜泊》

早已耸入高高的云端……

2019.6.3，于苏州

秋天来了

秋天来了
我想去北方
去那落叶满地的白杨林
躺在厚厚的黄叶上
当七彩的光穿透枝叶洒下
我的快乐
奔跑着嬉笑着，像当年的孩童一样

我想去天山深处
踩着吱吱作响的雪爬上天山之巅
采下一朵美丽的雪莲花
举手献给近旁的太阳
当鹰羞愧地盘旋在我的脚下
我的骄傲
高扬着飞翔着，像当年的青春一样

我也想去南方
去十万深山里的某个地方
那里或许红叶漫山，或许稻谷金黄
或许秋溪潺潺，或许禾香流淌

当一缕缕炊烟从我的身边绕过

我的秋绪

迷醉着沉思着，

像彼时的我一样　一样

2019.9.27

走贺州黄姚古镇

一千年风霜雨雪，

洗不去你的古香古色，

掩不住你的情韵幽长。

岁月擦亮了你蜿蜒的石板小路，

时光斑驳了你的黛瓦灰墙。

大榕树伸出的龙爪，

抓住了天降的幸运，

400 年的仙人古井，

奉供着你的福寿吉祥……

2019.10，游龙脊梯田后，又被俊东邀去了黄姚古镇，作小记。

题 图

岸上的秋花轻摇着说：

看啊看啊，那残荷不再美丽了，

它向凛冽的秋风低头折腰了呢！

有个声音飘来：

你这轻浅的秋花哦！

你难道看不出，

那一池的残荷，

正在拼尽生命的最后一丝力气，

向养育它的泥土致敬，

向润泽它的碧水感恩么？

2019.10

有一首歌
——给闺蜜、发小蒲公英

有一颗心，如同玻璃般透明

有一颗心，如钻石般晶莹

有一颗心，如菩萨般慈悲

有一颗心，如春阳般温暖与光明

有一个人，是儿时上学路上的形影不离

有一个人，是顽皮小丫爬树时的入云笑声

有一个人，是天山绝壁上牵手逃过死亡的回眸

有一个人，是我人生路上最美的风景

有一段光阴，阻隔了彼此寻望的双眼

有一个故事，是你十年一日侍奉病卧亲人的美名

有一个奇迹，是少年闺蜜的今日相会

有一种幸福，是亲密发小的暖阳下重逢

有一首歌，是与你一起看海看山

有一幅画，是与你在槟榔树下仰望天空

有一行泪，滴滴洒在送别的路上

有一句话，是珍重！珍重！

虽然无声……

2019.12.6，于海南保亭

写给明天就要离开海南的嘟嘟

这场说走就走的旅行
因你而成行
这场美不胜收的相依相伴
是缘的相逢

松涛府郡，东山羊香
七仙岭上，初识槟榔
大东海的浪花
扑打着你我的欢笑
呀诺哒的野兰
沁透了你我的心房

五指山的云雾虽然遮住了五指
庄园丽都五楼的一个房间里
却永远笑声朗朗
每张照片，都传达出你的欢笑
每次站位，你总是那么高大上
再见了嘟嘟，祝你平安祝你幸福
愿不管哪一年哪一天哪一个忙碌的日子
我们都可以心相守之

永不相忘。

2019.12.3，于海南

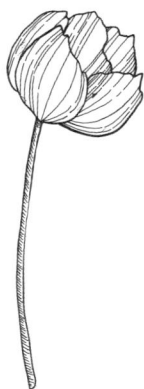

愿我是那条入海的江河

愿我是那条入海的江河

平静，安详

流淌进我的天作之美

哪怕化为飞沫

愿我是那片恣肆的大海

动魄，惊心

拥揽住你的一路孤寂

哪怕你是静静的过客

愿我是河与海间的沙滩

沉默，柔软

牵手神秘的喧嚣与宁静

任凭时光冲刷，岁月的消磨。

2019.12.8，于海南博鳌三江入海口

冬日，朔风，走汤逊湖随笔

不知道走过多少遍了
你这一湾湖泊
那时你蔷薇满岸，芦苇招摇
湖水里盛开着欢乐的云朵
云朵上凫游着野鸭和水鸟
你如一个美人儿欢乐又多娇

又是一个冬天来临
曾经斑斓成一树诗画的乌桕
已如一道黑色的闪电
伸出绝望与希望的苍龙之爪
向茫茫的天空索求永恒的骄傲

冷风如刀，在湖面的磨石上尖利着
奴役了两岸的芦草
唯有那挂满枝头的红色果儿
暗自晃悠着三月的味道

你这一湾猜不透的尘世哦
我愿做一个岸边的渔夫

每天每天

把你的故事垂钓

2019 寒冬

说说梁子湖大道

藏龙岛近旁有一条最美的路。
它诞生于佛音缭绕的观音岛莲华寺边，
止步于一碧万顷的梁子湖岸，
它手持着一个巨大转盘，
旋转出五彩的鲜花圆圆满满。

急驰的车辆，
如同一只只蝴蝶在花间环绕。
路两边的树木五颜六色，
颜色的上方是洗过的天。

花木市场在路旁铺展，
农家小院时时探出黛瓦白墙。
自行车赛道蜿蜒跑远，
柿子红红的炫酷树上。

池塘倒影红叶如舟，
荒山野草舞成波浪。
482 平方公里的梁子湖啊，
你怎么荡漾成了大海的模样?

春暖花开它就是那美丽的传说，

梁子湖大道它如同一条彩链，

串起了迷人眼目的一路风光。

它一头是"心中无一物，何处惹尘埃"，

一头是"面朝大海，春暖花开"。

假如你有闲来到这美丽的路上，

你的快乐会像鸟儿般在蓝天飞翔。

2019.12

我愿做个熊猫宝宝

圣诞来到，收到小顽童送给老顽童的熊猫宝宝保暖帽。

我愿做个竹林中的熊猫宝宝

乖乖的不哭也不闹

每天快乐地在竹林中嬉戏

别的啥也别让我知道

……

别笑我不懂春花与秋月

我的竹苑比什么都好

挺挺直立是它的气节

虚怀若谷是它的怀抱

以竹为邻依竹而居

我是圣诞节里快乐的熊猫宝宝

2019.12.25

戏说闻道画作醉酒的蝴蝶

你说我就是那只酒醉的蝴蝶

可有谁知

寒冬时酿酒的花香早被冻结

黄河冰封了牡丹花的韵味

长江上飘过的是残菊的败叶

滴酒未进的我哪里寻找酿酒的花儿

树枝上盛开着的是团团冰雪

忽然听说有个种花的高手

他会在书案上栽种出花来

我飞呀飞呀累得倒倒歪歪

只要有花香我就是那醉酒的小白

穿窗而入奇香果然扑面而至

还有个少年挥着狼毫可是在把牡丹来点栽

姹紫嫣红诱得我好不自在

扑向花丛我独自畅饮开怀

少年闻道挥毫驱我快快离去

说蝶儿蝶儿啊你扰乱了我绘花的情怀

我醉了来了就在你花间落定

除非你答应我明天啊明天

就让你的牡丹把我隆重娶回家来

2019.12.24，有感于闻道画的蝶儿与牡丹栩栩如生

春风又绿

春是个魔法师么
几乎是一夜之间
绿了山，绿了水，绿了柳芽儿

你瞧，那严肃了一个冬天的芦苇
也忍不住在溢出湖岸的绿色里
惭愧着自己的土黄
孩子们戏耍着流动的绿
美女们把笑声投入水底的山上
于是山也荡漾起来
荡出一波波你追我赶的春的模样

香蒲秀出蜡烛一样的棉花棒
似乎怯怯地说
我虽然颜色还没变绿
但是你可以把我采了去
给春天填一个软软的枕头，或者被子
然后，放在有梦的床上

2019.1.31

与春邂逅

你这狐媚的春！

你这缭乱了我眼的五颜六色的花儿！

你狐媚的样子，

已经废掉了我所有抗拒的力，

只想，看你，听你，

想你，念你，

醉饮一杯你递来的春风，

然后，

融化在你的眉眼里。

2019.2

我敬岁月一杯酒

岁月，2019
请稍作停留
请让我敬你一杯
深情美酒

春天，我从樱花树下采来醉人的花香
夏天，我从江南水乡采来情韵绵长
秋天，我从入云梯田采来酿酒的粮食
冬天，我从天涯海角找到了酿酒的配方

日升月落是最浓烈的酒曲
山清水秀是最浪漫的作坊
花开云涌是最灵动的味道
清香四溢请你举杯品尝

我敬你春花秋月冰雪的容貌
也敬你浪涌云舒百折的柔肠
我敬你一年四季的绚烂多姿
也敬你每天每天洒向众生的阳光

岁月 2019

你去意已决，我深情难忘

此时此刻

只想敬你一杯我亲手酿的美酒

我干了

你随意，慢走

2019.12.31

嗨！你好！

我想向山间的河流问声你好

想对林间的布谷说声你好

想对湖边的杨柳岸上的行人说声

嗨！你好！

想对着家乡说声你好

想向我的亲人朋友说声你好

想向所有陌生的不陌生的好人说声

嗨！你好！

我想对摇曳的花枝说声你好

想对火热的石榴金色的菊纯银的雪说声你好

想对着翩舞而来的美丽又神秘的 2018 说声

嗨！你好！

2018.1.1

多么想背起行囊去远行

我的心思从生活的酒杯中溢出
流淌成莫名其妙的路线
我却像一个迷失在自己王国的女王
不知道该把我自己派往何方

太喜欢阳光，喜欢花
喜欢边走边看边想
随便想些什么都是幸福的

还喜欢背上行囊走啊走啊
一路上不管遇见什么都是新奇的
还喜欢在一座小土屋前靠墙而坐
太阳暖暖的，一只小狗向我摇着尾巴
一个很老很老的百岁老人走过来
我们聊啊聊啊，
她聊她年轻时候的故事
我哈哈哈哈哈哈哈……

我真的想背起行囊去远行
走新奇的路

寻古老的故事

与阳光和花木虫鸟约会

让灵魂享受宁静和思索

有朋友陪伴就与一两个好友同行

没有，就独自远行

晒太阳，走路

看花，看树

坐在沙滩戈壁，坐在茅草屋旁

看鸭子戏水，看老人与狗

进几座寺庙拜拜菩萨

向武当道士学几招仙术

与百岁老人做个朋友

做一顿土豆烧牛肉给她吃

唉！可惜

诗，在心里

远方，在诗中

2018.1.3

观珠海"日月贝"

听说有一双神奇的贝壳漂流在大海之上，
向天空微启玉唇，
向苍穹深情歌唱。
于是，我御风千里，
来到你的身旁——

莫非你是那轮圆圆的明月，
一不留神掉落在一碧万顷的大海？
莫非你是那枚神秘的贝壳，
爱与美的女神就曾孕育在贝的中央？
莫非你是那海仙子的明亮双眸，
在海风海浪云水中寻觅那美丽的故乡？

你玉唇微启，可是在讲述一座城的故事？
你双翼欲展，可是想带领一座城市飞翔？
贝生于珠，珠生于海。
傲立海洋的日月贝哦，
当你美丽的羽翼向天空打开，
你心中的光明
瞬间让一座城闪耀辉煌！

其实，我更觉得你像两首漂流着的诗，

一首唱诵太阳，

一首唱诵月亮。

2018.1.20

远观港珠澳大桥

"蒹葭苍苍，白露为霜。所谓伊人，在水一方……"
说的不就是你么？珠海！
你的美丽纯净，你的温柔浪漫，
每次来到你的身边，
总会被你的柔美姿态馨香气息所感动，所折服。
再看那水中央烟雨朦胧的港珠澳大桥，
不正是在水之湄的美人儿，
随风飘逸的裙带么？

2021.1

广州，广州

你是一个散发着五彩魅力的现代美女！

你是一个镶嵌在幽深古巷的精美画卷！

你是振聋发聩的炫酷鼓乐！

你是悠扬婉转的粤音和弦！

你是扬鞭策马沙场挥戈的热血将士，

你是举棋操琴案前作画的书香少年。

你是现代，你是古典，

你是 298 园区的一幅画，

你是黄埔古村的井水甘甜。

你是大剧院里的那个金牌制作人，

你是沙面街上的足迹一串串。

你是珠江岸边的秋水伊人，

你是白云山下的美丽异木棉。

你是——

哦

广州，广州！

我是你的过客匆匆，

你是我的忘返流连！

2018.1.15

我多想知道你的名字

2021.10.4 上午，一行人都有其他的事。校友小谢负责在白云山南门接送，于是我有机会独自登白云山赏游。

我多想知道你的名字，

你是一棵什么树？

没有叶，只有花？

亭亭玉立，

灿入云天。

桃花般美艳，

彩霞般迷人，

你是白云山的情人么？

要不然你怎么会，

躲在白云南门外，

偷偷地，羞红了脸颊呢？

我不知道你的名字，

但是我记住了你：

白云山下，

南门之外，

有一个身材修长的美丽女孩，

她，偷偷地

羞涩成了一棵树的样子，

这棵树，没有叶，只有花。

2021年国庆游白云山后

补充说明：回到武汉后，咨询五元方才得知，此树名为美丽异木棉，每年11月底为花期最盛时。此树高耸云端，花色有白色、粉色、红色。花开时节，如同美丽的彩云飘浮于空中，缭绕于高楼间、行道上，使得整座城因了这亭亭玉立美少女般的树，而灵动艳丽了起来。

写给昨晚的红月亮

你是多情的太空行者
你是专一的远方绝恋
你与青莲居士对饮
广寒光影洒出又一个水墨诗人

你与蓝星相守
不离不弃哪怕亿年万年
为了摆渡来自远方的愁思
你化作一只弯弯的孤舟
为了收藏一方的美满
你凝成一个晶莹的玉盘

你孤傲啊，
只愿在夜里为孤影照明
只愿冷傲地独步凌空
你皎洁啊
你早已令群星失色
也让江河潮起潮落，翻起无尽思念

昨晚，你飘逸轮行在长空

你变红变蓝，时有时无，若隐若现

你的面羞涩成红

你的心冷艳成蓝

你是移情别恋，要赴另一个约会

还是因了152年的酝酿

你穿过光影，鼓足勇气

向大地宣告你的万变与不变

你的无言的美丽，你神秘的心思

再一次沸腾了寰宇

你太高洁，我总是无法猜透你的心思

只有把我的永驻的仰视奉献

2018.2.1

我相信

你说几亿光年的黑洞打了个喷嚏
于是就有了宇宙有了地球
你说你就是会打喷嚏的黑洞
吞吐着大地光怪陆离的梦
我相信

你说人不能两次踏进同一条河流
于是人类就奔腾不休
你说你就是那条神奇的河
卷走泥沙掠走腐朽
我相信

你说彩虹正在连接天空与大地
于是就有了翅膀的奇迹
你说你就是那一弯虹桥
桥下涌动着带翅的泪滴
我相信

你说花开了其实花落了
于是太阳升起了月亮寂寞了

你说你就是那落了的花
在泥土里盛放千秋
我相信

你说云哭了并不是它悲秋了
于是万紫千红向着它微笑
你说你就是那怀抱地星的云
万千种风情那是万千种美好
我相信

2018.3

紫薇花开

炎炎夏日

汤逊湖岸，紫薇花开了。

深深浅浅，浓浓淡淡，

紫色胭红淡粉色……

悄然盛放，极尽繁华。

可是可是还记得么？

寒冬时节

你那么的瘦骨嶙峋，

秃枝枯干

甚至连最后的尊严——

你的皮毛都被严酷的岁月剥光，

你赤裸裸地

在红尘羞涩地裸立。

看啊看啊！

光棍树！

除了赤裸裸的身体，

他一无所有。

"哈哈哈，看啊看啊，

连皮都没有的光棍树！"

"是了是了，我除了赤裸裸的对夏日的期盼，
除了对尘世许下必须开花的承诺，
我一无所有
——可是，这难道不够么？"

当迎春花枯萎枝头，
桃花匆匆嫁与了流水，
蒲公英无力飞翔，
蔷薇也只剩下绿叶遮挡阳光。
而我——
炎炎夏日，
路边，湖岸，紫薇花开了。
深深浅浅，浓浓淡淡，
紫色胭红淡粉色……
悄然盛放，极尽繁华。

曾经瘦骨嶙峋也好，
赤条条裸立也罢，
今天
我开花了。
这，难道不够么？

2018.7

下雪了

下雪了

你这精灵古怪的雪哦

前天我盼你，你躲到了长安

昨天我唤你，你跑到了武当

我生了你的气，不再盼你来临了

你却嬉皮笑脸趁着夜色偷袭了我的家

我起床去捕捉你

你躲在门前的包菜里

我去采摘你

你笑成一树白色的梅花

微颤着的竹叶琼枝

泄露着你狂放与娇柔的乱搭

你与金黄的柚子达成一树的协议

用金与银的色彩引我跪倒融化

下雪了

大地抖落红尘从此开始

开始了洁白纯净的第 2019 个调皮的年华

——下雪了

2018.12.30

写在冬至这一天

怎么刚刚立春，就冬至了？
怎么刚刚入夜，太阳就出山了？
我昨天还牵着妈妈的衣角，撒痴，
怎么今天我已白发苍苍了？

当樱花如雪落满我的发，
我拿起相机，
拍出的却是黄叶如蝶，满目晚霞，
正在赞叹流水潺潺，
眨眼已是冰封千里，两岸残花。

我张开双臂拥抱晴空，
落满衣襟的却是多棱多角绵绵软软的冰雪奇葩，
我喊小伙伴儿快快出来玩啊，
结果怎么出来了一群美丽的大妈？

我正在与流云说话，
突然发现云被一条小鱼儿吞噬了……
我明明智慧着呢，
有声音却说：你痴呆了！

哦，由它去吧!

反正，今天冬至，

夹起一个个饺子，吃了吧!

2018.12.22

真心英雄

——献给抗日英雄李向阳（郭兴）

一张发黄的照片，

唤醒了沉睡的思绪，

历史如一枚枯叶，

和着游击队之歌杳渺的旋律，

落满了大地。

仿佛铁蹄下一双双绝望的眼，

期待着

英雄的救赎。

弯腰拾起，

我恭敬地读你。

一国一家，

一人一骑，

仿佛在宣告入侵者的无知。

漫天烽火，

烧化了滴血的刀口日寇的牙齿。

不停不歇，

你用疾驰的勇武，

斩断了入侵者的铁爪，

用锋利的机智，

刺穿了狂魔的心肌。

你是一把出鞘的利剑，

你是一首动听的史诗。

崇敬，

镌刻在内心，

英雄，

温暖着胸臆。

弯腰拾起那精彩的片段，

凝神点击出抗战的音律。

与家乡的英雄约好，

送给你一个

一个真情满满，

崇高的敬礼。

2017.2.2 晨，于珞珈

父亲的坟

2017 年清明节，是父亲去世 37 年后，第一次回乡（河南滑县梁村）为父亲扫墓。原担心父亲的坟会否风吹雨淋已经找不到了？令人惊叹的是，父亲的坟依然如 37 年前，高高耸立！父爱伟大，父爱无边，写此诗，以志思念。

感动，惊叹！父亲的坟。
37 年前，我泪别父亲，
亲自把父亲送回大地，
把深情埋在坟头。

近 40 年风霜雨雪，
我没能为父亲坟上添一锹土，
更没有亲戚朋友来看望过父亲。
37 年后，欲寻根问祖，
可是，父亲的坟还在么？

风，雨，日，月，
会否早已将那一堆厚土
吹蚀得无影无踪了呢？
父亲是否已在乡土中沉睡，

不再期盼了呢?

惊讶惊叹!
我看见父亲了!
他在青青麦苗间,
正朝我远望着呢!
37年岁月的魔法,
居然没能移动父亲坟头一抔土!
没能削减父亲生命印记的一寸高度!
父亲的坟依然高高耸立,
就像父亲站在村口,
一直在等啊等啊,
等着自己的孩子。

我应该感激神灵的护佑,
让父爱保持37年的姿势,
让融入黄土的生命,
依然爱成昂首企盼的样子。
我只有深深的感激感动感恩,
并将一锹锹黄土,
说给父亲,
为深深的父爱,
献礼。

等　待

你站成一座城堡，
四十年不变的姿势，
仰望，伫立。
风扯不动你的衣角，
雨淋不湿你的心情，
花儿引不开你的目光，
时光带不走你的身影，
你一直在等。

麦苗儿青了的时候，
你终于等到了我。
我采一把鲜花给你，
我燃一缕轻烟予你，
我说一句话给你，
爹，我真的很想你。
我等春花开，
我等燕子来，
我将带着满满的祝福，
带着深深的思念，
我再来看你。

那时，

迎接我的，

一定还是你不变的姿势。

2017 清明节

求 情

　　那是我第一次离开家。1972年3月，一行19个人从乌鲁木齐坐火车经哈密到武汉大学报到。当时妈妈因高血压晕倒，还在大营房医院住院。听说我凌晨经过哈密车站的消息后，母亲在凌晨三点多，独自一人，摸黑十几里路，带着病，硬是赶到火车站站台上，隔窗与我相见。除了嘱咐我爱惜身体吃好穿暖外，还隔窗再三向同行的男生求情，请求他们一路照顾我，说我没出过远门，人老实胆小，拜托大哥哥们一定多多关照。母亲向来要强好胜，不向任何困难低头，那次，母亲低到尘埃的语气，深深触动了我。母亲对我深深的爱与不舍，让我终生难忘。

　　　　从来就怕暗夜的母亲

　　　　那天

　　　　你却在寒夜中独行

　　　　所有的爱与不舍

　　　　你此刻唯一能做的是

　　　　扒着车窗，向所有的陌生

　　　　——求情。

　　　　从来不向生活低头的母亲

　　　　此刻你的乞求般拜托的声音

早已将女儿的心化作千行泪水

流淌，不停

如今的我

只能含泪向上天祈祷向上天求情

请保佑我亲爱的妈妈

在天堂永远安康快乐

请允许我穿越每一个季节去陪你

陪你到没有了春夏秋冬

2017.3.31

冬天里，我只想寻找母亲的温暖

我，扶着——

楼梯的扶栏，

这里有母亲每天上楼时摸过的痕迹，

我轻轻地抚摸着它，

它是那么的冰冷，又那么温暖。

在屋里的一角，有一根母亲的拐杖。

这是那天我偷偷留下的，

没有让它化作灰烟。

我摸着母亲曾经形影不离的支撑，

它是那么的冷硬，又那么的温软。

这是母亲曾经天天照的镜子，

我擦干上面的尘灰，

贴在我的脸面，

可是，

里面再也没有了慈母的容颜。

我打开我的电脑，

里面录有母亲曾经的笑谈。

面容依旧，声音依旧，

我一遍遍说：娘，你回来吧！

母亲应该听得见，可是她却像没有听见。

这是一摞母亲的照片，

我一张张仔细翻看，

岁月一张张翻过，

母亲啊，

你是那么的贴近，却又那么的遥远！

叶儿飘零了，花儿凋谢了，

鸟儿也已归巢。

我无家可归，

我茫然徘徊，

不知哪条路上，

能等到母亲的回还

……

2016.11.9

注:99 岁的母亲于 2016 年 7 月 27 日，永远离开了我。

无　题

户外，春江乍暖，岸柳初绿，

园里，牡丹摇枝，茶蕊吐红。

更有梅开如雪，月季萌蘗，

枇杷挂果，橘木荫浓。

嘻，且遂端月圆满，听风语鸟鸣。

2021.2，于藏龙岛

春的小把戏

我家院里，杏树、紫荆、紫薇，都在静静等待春天的消息。

院里的一棵杏树，

还是铜枝铁干。

紫荆树也铁青着脸，

好像刚刚发完脾气。

著名的树中光棍紫薇，

也收起秋天妖艳的姿色，

赤身裸体，挑逗着人们的呼吸。

我知道你的小把戏，

你就潜藏在那所有的无有里。

你会让杏枝摇曳出一树春诗，

会把荆条染成紫色，

如妖艳的美女。

你会悄悄告诉紫薇：

想展示你的艺术魅力么？

好的，让我在你的四周撒满青春的贪婪，

陪着你！

春，我知道你的小把戏!

你就偷笑在所有的花枝里。

2017.3.1

我在天山之巅浴风

2017 年 8 月 4 日至 10 日，记天山哈密行。

穿越 50 年时光
你已丢失了红领巾
用缕缕白发编织童年稚气
然后傲然成大漠英雄

往日的渠水已干涸
唯有流淌的岁月哗哗有声
当日落西山的歌声飘起
我与你在晚霞中归营

我站在茫茫戈壁
天地为证
谁说大漠只有胡杨
看天地之间，你我支撑

魔鬼城的远古赫然向我走来
派神龟接我视察沧海桑田
我爬向你的顶

摘一朵云证实这拥抱着的时空

我在天山之巅浴风
云悄悄在我的脚下奔涌
我来了，请问
谁是天山英雄

鸣沙山翻卷不息
我寻找不到半片梨花
却看得见烽火台的连天烽烟
听得见黄沙深处的战马悲鸣

我曾一路西走
天地与我同行

放牧人

我是一个放牧人

早早起来

却找不到我的牛和羊

只有秋风在一望无际的稻田舞蹈

还有云儿在一碧万顷的湖水里徜徉

月亮赖在云后不肯离去

太阳正努力地爬上山冈

哦，我是一个牧民

我挥动光影的柳枝

在没有牛羊的田野

我

放牧月亮

我

放牧太阳

2017.8

听说，洛阳牡丹

一生寻找绝世的美丽，
却总追寻不到你的位置。
听说世间真正的国色天香，
只惊艳在洛阳大地。

听说你美丽得无与伦比，
骄傲得敢抗旨皇帝。
在百花争艳的早春，
你却傲骨凛冽，冷艳独立。

你被贬洛阳，
却绽放出了绝世惊奇，
你被烧焦了枝秆，
却宣示着涅槃的奇迹。

如诗如画，
诗画岂敢铺展在你花开之时！
如云如霞，
云霞焉能得意于你灿烂之日！

也许，你已将洛阳当作仙境，

傻傻地以为它就是蓬莱?

也许，你已将仙境幻化为洛阳，

美美的深情香艳一方?

你的美丽已将我深深吸引，

你的故事早已奔放了我的幻想，

我今天就穿过雷电雨幕去与你约会，

不必借助卫星定位追踪国色天香。

2017.4.12 凌晨，于洛阳赏花出发前

一只鸟儿的诉说

我生来就是一个顽皮的孩子，
你想把我收藏在你的眼眸里么？妈妈，
那怎么可以呢，
你看我，
已经来到了群山之巅，
与日月星辰一起躲藏游玩。

你想把我系在你的羽翼下么？妈妈，
那也不可以啊，
你看我，早已飞到了大海身边，
追风逐浪，嬉戏其间。

你想把那野果串成的美味项链送给我么？亲爱的妈妈，
那也不必了啊，
你看我身无系链，心无挂牵，鸣声嘤然，
就让你的爱化作另一只小鸟吧，
妈妈，让我们飞翔，鸣唱，深情，喜欢。

2020.11.21

我喜欢

我喜欢沙枣花浓郁的芳香
喜欢在仄仄的水渠边沿上骑着自行车
如同演一场无人观看的杂技
然后被花香袭击成醉汉的模样

我喜欢骑在大柳树上看老鹰
在苹果园的鸡群中追狐狸
喜欢坐在哈密瓜堆上放开肚皮吃啊吃
吃得嘴角烂了肚皮发胀

喜欢钻进矮矮的葡萄架下
躺着
摘最漂亮的葡萄吃
甜的，吃掉，不甜的，扔掉

喜欢在清风朗月的夏夜
与爸爸妈妈还有看瓜的叔叔围坐一圈
大人们聊着天
我数着星星
切开一个抱也抱不动的西瓜

听远处从驴背上飘来的歌

缥缈的歌词我听不懂

可它却像西瓜一样甜

像天上的星星一样

摇动了我的梦

喜欢那只大白狗

拼命摇着尾巴舔我脸的傻样

喜欢那群昂首挺胸的来亨鸡

用千奇百怪的叫声

与我嬉戏成一团

跳上我的肩

用你们的尖嘴啄我的鼻梁

我喜欢采来路边的马兰花插在头上

喜欢钻进密不透风的苜蓿地

闻那青草香香

喜欢跳进清凌凌的渠水里

放进一个大木盆

企图漂向看不见的远方

当我所有的喜欢已经成为

一缕缕白发

和那看不见的遥远

我依然

想被花香袭击成

醉汉的模样

写于 2017.9

妈妈，我不要过年

妈妈说，
明天就是新年了，
你又要长大一岁了。
你长大，妈妈也就老了。

妈妈妈妈！如果过年会让你变老，
妈妈，我不要过年啦！
那个叫作"新年"的家伙，
哪里来，就让它回哪去吧！

让它回到它的山洞里，
永远永远都爬不出来！
让它跌到冰窖里，
变成一个大冰块！
还有那只背着它来的小老鼠，
也送它到猫的家门口去吧！

总之妈妈！
如果新年来了你会变老，
妈妈，

我就永远永远不要过年!

等　待

等待春天

三月或者四月

我会买回一窝小鸡娃

鸡娃叽叽喳喳

我也叽叽喳喳

我把我的快乐变成一颗颗玉米

喂给它们吃

等着它下一个大大的鸡蛋

上面写着：快乐快乐快乐如你

等待春天

早晨或者傍晚

当汤逊湖边开出一朵黄黄的野菊

我让我的快乐变成一首诗

看它"扑通"一声跳下水去与野鸭戏水

看它被喜鹊叼走挂在开满花儿的树枝

等到我的诗玩累了爬回岸边

我会拍拍它湿漉漉的头发说：

快乐快乐快乐如你

等待春天，

春天已来。

当三月的珞珈第一枝樱花悄然绽放

我会坐在云一般的樱树下

等待第一朵落花

我会小心地捡拾起戴在我的发间

快乐地回家

然后把它当作书签嵌进未来的每一个岁月里，

让每一页都写满：

美好美好美好如你

2019.2.2

我　想

我想让课堂变作一个大大的池塘，

讲台变作一朵大大的荷叶，

老师变作一只可爱的大青蛙。

我们的课桌和我们的同学，

都随着一起变了。

哦，多美妙的荷塘：

老师在荷叶上跳来跳去，

呱呱呱！

我们这些小青蛙也在一朵朵荷叶上跳来跳去，

呱呱呱！

下雨了，

池塘笑出一个个酒窝。

我们不用家长来接，

我们高兴地在荷花上跳舞唱歌，

一直到，

风啊雨啊

把我们紧紧围裹。

让接我们的爷爷奶奶外公外婆，

找啊找啊，

怎么也找不着我！

2017.6.1

妈妈是棵苹果树

我知道，我是妈妈的宝贝。

我有个妈妈。

妈妈是棵苹果树，

树上挂满的果实，

那是妈妈给我的甜蜜呀。

妈妈是匹奔跑的马，

不歇不息，

驮着我走天涯。

妈妈是颗天上的星，

无论我在哪里，

她都望着我眼睛眨呀眨。

妈妈还是条花毛巾，

有妈妈在，

我的眼里不会流下泪花。

哦，我想说，妈妈，

你是山是水，是树是花，

你是风是云，是光是霞。

你是整个世界啊妈妈！

待到那一天，

妈妈，你老了，

我也要削苹果给你吃，

我也带着你走天涯，

我会微笑着对你，眼睛眨啊眨。

我给你买条花毛巾，为你擦擦嘴巴。

哦，妈妈，

到那时，你就当个老孩子吧，

你是我的宝贝，妈妈！

我有个妈妈！

2016.6

我的画

我用彩笔画了一只小花猫，
它变成一只老虎，跑了。
我画了一个小狗狗，
它变成一匹马，跑了。
我画了一条鱼，
它变成一只鸟，飞了。
我画了一朵花，
它变成一片云，飘了。

我画老鼠，它变成牛，
我画兔子，它变成狗！
这些不听话的东西，
专门跟我作对啊。
哼！我今天就画一只小蜻蜓，
让它背着我，
我想看看，
它会变作什么？

2017.6.1

提着我的小篮儿，一路西行

我将提着我的小篮儿，一路西行。

带着格格嬉笑，

还有，天边那一抹，嫣红。

别笑话我，小篮儿上的枝条已经破旧，

篮筐也已经变形。

可是，这是我用日月轮回的枝条编织而成的篮啊，

它将为我，捡起一篮童话般的梦境。

我将提着我的小篮儿，一路西行。

哦，我的指尖终于触碰到了醉人的沙枣花香，

轻拈一缕，铺垫在篮儿的底层。

我走进曾经读书的教室，

捡起一串串课桌上的姓名，

松涛、明生、宪华、建中

招勤、淑霞、富珍还有桂林……

一个一个，我轻轻放在了我的小篮儿里，

让沙枣花的香味，醉了儿时的甜梦。

哦，我提着我的小篮儿一路西行，

我的心儿欢快得失去了节奏，

我的手指喜悦得如花儿在风中舞动，

我捡起了哈密瓜的甜蜜，

捡起了维吾尔族老人的歌声。

捡起发小秀英采摘下的榆钱，

捡起青莲挂在树上的笑声，

捡起了天山的冰雪，

捡起了蓝蓝的天空，

捡起了汩汩的沙漠清泉，

捡起了飘荡着的儿时的香梦……

我提着我的小篮儿一路西行，

我轻采一片白云将满载的篮儿覆盖，

再摘一朵路边的马兰，

轻戴耳鬓。

千树梨花闪出婉转的小路，

我格格地嬉笑着，

提着我的小篮儿一路西行。

2016，于珞珈山

远方，跑来了两个小丫

远方，跑来了两个小丫。
一个，光着脚板，
一个，只穿着裤衩。
一个，小辫朝天，
一个，两手泥巴。

老榆树上
捋下一片片欢笑；
葡萄架下，
挂上一串串惊讶。
苹果园里，
埋下一堆堆童年的记忆，
哈密瓜地，
塞满一肚子甜蜜回家。

沙枣花香，
醺醉了晃悠悠的小辫儿，
马兰初放，
笑傻了满头的野花。
渠水淙淙，
冲刷着少年的混沌，

鸟雀叽喳，

偷窥着少年的风华。

遥遥天山，

是小丫永远的眉梢，

悠悠白云，

是小丫绽放的心花。

片片飞雪，

是小丫舞动的童年，

皎皎明月，

是小丫人生的轮滑。

远方，跑来了两个小丫。

一个，光着脚板，

一个，只穿着裤衩。

一个，小辫朝天，

一个，两手泥巴

……

2016，给发小蒲公英

儿时印象

天山、清凌凌的渠水，
果园里到处是自在逍遥的来亨鸡。
鸡场在果园的怀抱里甜蜜。
一条凶猛的大白狗哗啦啦挣着铁链吠叫。

老鹰在天空盘旋，
馋馋地窥视着咯咯欢乐的大肥鸡。
我，坐在池塘边的大柳树杈上，
看蓝天，看老鹰，看鸡，看狗，看狐狸。

一阵风儿吹来，
浓郁的沙枣花香，
掺杂着苹果葡萄梨花苜蓿花的味儿？
沁我心脾。

没有人与我玩。
偶尔匆匆的过客，
便是我奢望的稀奇。
我的世界除了爸妈哥哥，
就是蓝天、白云、天山、渠水，

果园，花香，

老鹰、狐狸、白狗，

和唱着歌儿悠然散步的来亨鸡。

我是一个傻傻地快乐着，

被甜蜜灌醉了，

光着脚丫撒欢儿，

爬到树上遐想的傻孩儿。

2016.5

大 牙

这条凶猛的大白狗名叫"大牙"。

粗大的铁链常常被它跳跃狂叫挣扎得像蛇一样扭摆。

哗啦啦响着。

连队里谁都知道鸡场这条凶猛无比的大牙狗。

可是我不知道它的凶猛，

因为它给我的尽是温柔：

放学回家，它拼命摇着尾巴，两爪搭我肩上，

伸出它的大长舌头，在我脸上舔啊舔啊，

总也舔不够。

周一我上学，我给它解开链条，

它奔跑着跟在我的自行车后面，

送我去上学直到大河坝。

鸡场有个小土屋，

我经常踩着墙角的凹槽爬上，跳下，跳下，爬上……

大牙是我唯一忠实的观众，

我往上爬，它睁圆两眼一动不动看着我，

我往下跳，它激动得又蹦又跳又摇尾巴！

哦，童年，

没有人陪我玩，

只有这个凶猛又温柔的"大牙"。

2016.3

想念童年

你就这样走了么？

无声无息，

头也不回地，

拂袖而去？

哪怕我捶胸顿足，

哪怕我魂牵梦绕，

你毕竟是决绝地一去不回了。

谁说你一去不回了？

你不就躲藏在星星闪烁处，

躲藏在春日的花瓣里么？

你不就躲藏在水波盈盈处，

躲藏在夏日的蝉鸣中么？

你一去不回啊，

你无时不在！

我的爱。

水边的鹭鸟是七个小矮人变的么？

白雪公主你在哪里徘徊？

青蛙傻傻地迈着王子的步伐，

美丽公主的一吻何时才能到来？

鱼儿时时跃出水面，

照见自己好像美人鱼的后裔，

岸边的垂钓者哦，

说不准能钓个宝葫芦上来！

我呆坐在岁月剥蚀了的此岸，

等着，等着你，蒙住我的眼睛，

说声：我是你的童年，

其实，我一直都在。

2016.5.29 午后

大槐树，我想采一槐枝回家

据地方志记载，梁村原名梁王城，五代时期后梁朱全忠曾在此地称王，后迁都开封。元朝时期，全村人抵御蒙古军队，后被屠城，现在的居民是明朝期间的山西移民。

——题记

在古老的山西

有一棵同样古老的大槐树

它的根系发达

发达如一条条河流

流遍了华夏大地每一个角落

它的枝叶繁茂

繁茂到可以庇荫 1000 多个华夏姓氏

假如你问一个路人

你从哪里来

得到的答案很可能就是

我来自山西洪洞大槐树

这个路人是我么

是的，是我，也是他

妈妈很早就告诉我：

……听说，那年从山西来了很多移民

才使得梁村这个被屠杀殆尽的空村

有了人家……

我沿着一脉馨香来到大槐树

烧三炷香跪拜我的先祖

当历史的大幕缓缓拉开

我似乎听见先祖那沉重的迁徙脚步

止不住的热泪潸然而下

急戴上墨镜掩饰我的乡愁滴答

大槐树，我来了

我的先祖，你在哪

我燃三炷香与你

我三跪拜予你

缭绕的一缕心香传给我的先祖吧

大槐树啊，

你会赐一枝槐花予我吗

风里雨里我不会忘了你一树的芳香

青丝白发我心里总开着香甜的槐花

你的根绵延万里千年

大槐树下

我今天只想

采一枝槐花

回家

2022.8.8，于山西洪洞大槐树

杏花汾酒之醉意畅想

承蒙杏花村汾酒集团鲁总抬爱，奉命提笔书拙句几行……

我是一个口渴难耐的路人

想寻找清泉一汪

你是牛背上那不老的牧童么？

指给我杏花坞的方向

我看见八棵槐树下躺卧着八仙的醉意

我看见古老的神泉涌溢着马儿刨出的吉祥[①]

你为我采一朵黄土高原的玫瑰入盅

酿一壶玫瑰汾满口留香

又为我摘一片山涧的竹叶为觚

醉了我竹叶般青青的韶光[②]

850 米的深井水[③] 哦

[①] 传说天上八仙在杏花村"花酒会"饮了杏花村汾酒，纷纷醉倒，临走栽八棵槐树以为纪念。另有马刨神泉故事。

[②] 8 月 11 日晚，鲁总宴请大家。女士喝玫瑰汾酒，男士喝竹叶青酒，绵香满口，妙不可言。

[③] 杏花村汾酒以 850 米深井水为酿。

可是你清幽甘甜的情怀

1500 年开不败的杏花哦

你说是你心中最美的姑娘

一口入喉我美成了一枝摇曳的玫瑰

再饮一杯我醉成了杏花村错步的情郎

羽觞三巡我恍然生出了双翅

倾饮甘露哦我流连飞绕在古老的酒坊

来时我是一个追寻甘露的行者

去时我成了一只醉酒的蝴蝶哦

啜饮这满缸的杏花芬芳

怎样才能飞出这勾魂摄魄的杏花村

醉舞翩翩哦，远处走来了那指路的牛郎

2022.8.12，于杏花村汾酒集团酒都宾馆

今天，我为你而来
——给应县释伽木塔

听说在那遥远的地方

玉立着你这个绝世情郎

你古色传香，风流倜傥

千年风雨雷电

摧不毁你的痴情

地震山摇

摇不动你凌云的孤傲

你对影独立千年

是在等谁的来到

哦哦

今天我为你而来

为一睹您这古风美男的真容

不知你可知道

在众多仰慕者的目光中

我暗抛的花环早已拥吻你千遍

在众多自作多情的歌声里

我无声的歌如山花般烂漫

今天我为你而来

你这古风逸然的旷世情郎

我虽与你只有一回凝眸之缘

可你已洗我半生尘埃

遗我一世芳香

2022.8.7，应县木塔（释迦塔）观后

初见平遥

人生若只如初见

何事秋风悲画扇

秋风初起时

我与你初次相见

我穿越你的遥不可及

展开你的美如画扇

解缰你西周宣王城墙上的嘶鸣战马

为提灯敲锣的打更人扇一缕现代清风

县衙府的惊堂木拍不醒啊

那一池后院的睡莲，

县衙门柱上的楹联哦

却教我热泪盈眶

让我展几副对联于此吧！

大堂（刑事庭）——

"门外四时春　和风甘雨，

案内三尺法　烈日严霜。"

"吃百姓之饭穿百姓之衣莫道百姓可欺自己也是百姓；

得一官不荣失一官不辱勿说一官无用地方全靠一官。"

二堂（民事庭）——

"与百姓有缘才来到此；

期寸心无愧不负斯民。"

站在"……不负斯民"楹联下

我久久不愿离去

久未被感动的心啊

此时已化作泪水千行

那边两千余岁的汉槐花开满树

我多想做一朵槐花守望大堂

听惊堂木拍得震天作响

看贪官污吏跪地满身筛糠

百姓出得门来眉开眼笑

满街的店铺如旭日昇昌

古城平遥哦

初次相见你便赚了我泪入了我心

初次相见我就不知该怎么相忘

但愿县衙院里的槐花年年盛开

秋风吹落的花儿哦

148

让平遥古城满街飘香

2022.8.7，平遥观后

捕捉今晚的超级月亮

你啊你

那么的清高

那么的孤傲

你载着文人骚客的低吟浅唱

拎着清风私酿的桂花酒香

圆满地从我的天空滑过

滑过却不肯驻足一望

离我那么的近

你的明眸投递于我

也只需一秒的工夫

又离我那么的远

我要牵住你的儒雅

却有 38 万公里的天路啊

我何以攀爬

不过，你啊你

今晚你可得小心啦

我早已邀约了捕梦高手

会在你傲步云端的那一刻

撒出捕你的大网

哪怕你躲在云层，藏在水间

穿过树梢，爬上山巅

捕月者都会把你拽到我的眼前

无须惊慌哦你这孤傲的精灵

当你的清高被我的仰慕捕获

你我便会行走成一行诗歌

我会把祝福之酒盅满斟

敬你为我的片刻停留

当星空眨着媚惑的眼催你返回

我会让满园的芬芳哦

绽放出你的花好月明

2022.7.13，超级月亮爬升的夜晚

你隐入尘烟

——给正在龙脊云游的少年

是的，

你已隐入尘烟，

悄入仙山。

珞珈山的樱花瓣儿，

是你隐不去的梦哦，

桂子山的缕缕丹桂香，

依然沾满你的衣衫。

山那边飘来的一片白云，

可是与你互赏高洁？

山巅那摇曳多姿的芦花，

可是与你共话华年？

金黄色的龙脊可是你人生的阶梯？

路旁星星样的野花哦，

是回应着你的心心念念。

你独揽了文人才子的文章风流，

挥洒了一地的惊世才华，

然后，挥挥衣袖，

你，

隐入尘烟。

2022.10.13，看五元朋友圈"隐入尘烟"有感而发

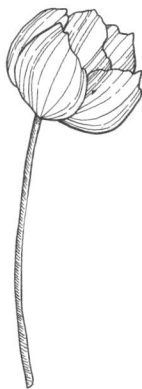

像一道闪电

我的刚毅是一粒星球

围着我的世界旋转

一年，两年

十几年，二十几年

此刻

你像一道闪电

瞬间击沉了我的外强中干

我碎作了一颗露珠

这是我仰视你的眼

你是宇宙孕出的精灵

而我

只是大地的泪眼闪闪

你本就是一道闪电

携风雨而来

御彩虹而去

而我

将迎着那缓缓升起的朝阳

旋舞作一缕青烟

梦屈原

屈原来了

从江面飘然而起

来到那铺满香草的小路上

云霓为旗啊飞龙为马

车上装饰着美玉和象牙

一只只凤凰绕车翻飞

菱叶织成的上衣环佩叮当

洁白的荷花在他的座下盛开

一路飘过兰花的馨香

绕了一圈先生转身返回

急驱八匹飞龙奔向滚滚的大江

我见大势不妙扑通跪在车前

请求先生思量再思量

怎忍心抛下爱戴你的天下众人

独自一人去吞咽世事炎凉

你的离去曾让多少香草美人肝肠寸断

奸佞小人照样厚味膏粱

光明磊落的群贤泪洒汨罗

蕙草莆兰也荒芜在山涧埂上

先生跳下车来吟诵着"九死犹未悔"

绕开我再次踉跄前往

我不是问渡时那江边的渔父

我紧紧拽住了先生的华裳

再次跪地苦苦哀求

先生请停下绝望的脚步

明天我会招来天下神鸟

为您衔来四季香花为裳

再为您捧来木兰上的滴露请您畅饮

还采来野菊的花瓣儿作您的食粮

愿先生您——

与天地兮比寿

与日月兮齐光

话犹未尽先生已飘然离去

我的梦碎成了江水汤汤

先生蹈水而去天地万物涕泗滂沱

泪雨成酒我饮下无限哀痛

也醉饮了飘渺的梦里芬芳

2022 端午梦醒

我为你歌唱

我的眼目摘到的每一朵云
我的呼吸融化的每一阵风
我的指间划过的每一朵花儿
我的耳畔跳过的每一声鸟鸣
我为你歌唱

我的足尖触及的每一寸土地
我的心灵颤过的每一个磁场
我那摇晃在露珠里的清梦哦
我的如痴如醉非花非雾的路途
我为你歌唱

摘朵玫瑰送你我手留刺伤
举杯清茶予你我口渴难当
太阳落下月亮升起了
我收拾行囊挂着手杖
我去一个云淡风轻的山林
为你歌唱

2022.7.1

推窗我就见到了你
——写给窗外的珞珈山

假如没有这扇窗

我想

我每晚都沉睡在你的怀抱里

头枕着你的温柔

耳听着你的故事

如一只倦鸟回归林间

如一片叶儿扑向大地

这扇窗隔开了我与你

你在窗外看着我

我在窗里望着你

关上窗你在我心中

打开窗你在我眼里

就这样吧，也挺好的

至少

我的窗外，

有个你。

莲子越千年

——这不是诗，是关于爱的畅想

为了一睹你的芳容

我脚陷泥淖

手被荆棘刺得生痛

莲花摇曳，莲叶田田

我不敢吟诵心底涌出的诗句

生怕一字不当

就误伤了你的名字

看见花瓣间酝酿着的莲蓬

想起老师在课堂上讲过：

莲子者，怜子也

苦涩的莲子心

就是苦涩的怜子心啊

古时儿女之情羞于表达

就送对方一粒莲子

隐喻"怜子"（爱你）

莲子的苦与涩

演绎着爱的秘密

父母之怜子

历尽苦涩

情侣之怜子

苦苦相求

世间千般苦

莲子最倾情

又听说莲子寿命极长

深埋地下 2000 余年的古莲子

发掘出来给予适当的生长环境

竟然生出莲叶，开出莲花来了

人们惊叹莲子的长寿

而我却惊叹莲子的长情

——问世间情为何物

何物？问莲子可也

一爱越千年啊

此时此刻

忽然就想到我的父母

想到那颗苦苦的怜子心

我手扶莲花

似乎看到了它慢慢地慢慢地

就开成了一支莲蓬

那莲蓬里的每一粒莲子

都会穿越千年时光

让每一粒爱

永生

遇　见

自 50 年前一座山中与你遇见
对你的相思便从未间断
你是我的远方和诗
我是天涯的浪子醉步踉跄

我的心田开着千奇百怪的花
有的已经飘落
有的埋在泥里
至今灿烂着的，它的芳名叫思念

昨夜的雨写在你的车窗
你感叹：风雨故人来
前天的锣鼓巷你我携手走过
如同飘过 500 光年的星河

紫竹院的画舫摇动了岁月的感慨
"红菜薹"的烛光点亮了少年的情怀
今夜你可知我满树的心花为你开放
明晨，有谁会陪我捡拾一地的月光

2022.7.23，于回汉的高铁上

春天与芦花

我在你与我之间

填满湖水

填满枫树枫叶梧桐乌桕

填满孤舟无系

填满鹭鸟的足迹

然后站在岸边

等待也许永远等不到的你的到来

你是姿色妩媚的春

而我

是霜雪满头的芦花

你与我中间巡回着如刀的冷风

却也飘渺着如花的梦

风花雪月被冰封成一座雕塑

而我站在岁月的泥淖

白发凛冽

依旧欢喜，依旧等你

当你弹拨着湖水，摇晃着小船

在鹭鸟的鸣唱声中从我身边经过

经过却找不见我在哪里

哦哦，也许我正在万丈红尘间

漫天飞扬

炫舞，欢喜

2022.12.3 午，巡湖归来

第　二　辑

山水盈盈处

清晨观钓

烟笼雾罩水悠悠，
何人独坐浅滩头？
一竿孤影垂香饵，
两朵闲云欲上钩。

2022.5.18

田园老夫与他的菜园之2022版

茄子花紫，西柿花黄，青椒自诩白花美，洋葱偏效大葱样。青瓜秧小懒爬秆，瓠子花白牵藤忙。横斜竹架攀豆角，东倒西歪多伏秧。紫苏丛丛人未品，包菜颗颗鸟先尝。落花彩蝶争飞舞，韭菜杂草共一堂！更有黄黄穿篱者，不见农夫不开唱。呜呼！田园老者喜菜园，菜瘦草肥两风光！

2022 初夏

新　雨

晨来忽然起风雨
万物瞬时洗尘埃
出浴芦苇摇新绿
带露蔷薇自在开
飞叶化作红唇吻
步道幻为梳妆台
若得人间净如许
问君何由不开怀

2022.4.25 雨后

小院观梅

小院双梅树

色分红与白

朱蕊凝香冷

墨枝待寒裁

银花胜雪美

玉魂凌霜开

举目见君子

惊似故人来

翩翩红衣舞

袅袅素裳徊

清风逐明月

雅韵出琴台

但效孤山客

清友伴岁咏

2022.1.27

巡湖小记

汤湖水畔春亦好，细雨微风花色繁。
山樱辞枝作雪飞，海棠垂丝带露眠。
嫣然一树碧桃红，倏尔几度柳含烟，
莫道此间春寂寥，花径游人醉似癫。

2022 春，于汤逊湖藏龙岛

珞珈狐仙歌

珞珈奇幻境，
惊煞聊斋屋。
仙狐林中隐，
学子灯下读。
洞穴狐鸣老，
雅舍书声熟。
相伴两不误，
各自修前途。

2022 春

少年强则中国强

去九峰春游，遇少年，相谈甚欢，感慨万千。少年强则中国强，此言是也！

春意无边路，水清峰叠嶂。

山水盈盈处，欣逢少年郎。

眉眼总含笑，文雅兼大方。

拱手一揖礼，相知岁月长。

老少皆天真，趣说世事忙：

假期不得闲，早起读文章。

饭罢洗锅碗，兢兢报爹娘。

在校敬老师，同学亦互帮。

学业总领先，奖状贴满墙。

课间闲不住，炫酷足球场。

若问将来意，博士可商量。

也可官场去，携棍正气扬。

谁若敢贪腐，当头吃一棒！

笑容向百姓，为国争荣光。

言罢嘿嘿笑，灿烂若春阳。

相约数年后，看我小儿郎！

拱手揖别去，欢跳向远方。

远方路迢迢，鲜花伴朝阳。

2021 大年初二

小园待春

2021 年 1 月，珞珈少年赠我朱顶红（百枝莲）数株，栽园中。每日盼其吐芽开花，但天寒地冻，一无动静。更有园中茶花、牡丹、梅花均故作镇定，不曾展枝怒放，心焦之际，作此诗记之。

少年赠我百枝莲，
荷锄轻栽向小园。
一日三探究花讯，
百转千回盼春还。
别有香蕊四五朵，
半掩娇蕾花未繁。
茶树叶色徒青青，
牡丹枝枯铁色寒！
春风欲以巧胜人，
踟蹰徘徊故不前？
何不欣欣待明日，
定有春趣溢满园。

2021.2.2 立春前夕，于藏龙岛

偷　香

观友人发在屏前的杭州梅花、东湖梅花，清香幽然。

　　眼前有梅借屏来，
　　绿萼红花次第开。
　　偷得幽香三五缕，
　　漫移雪影纸上栽。

2021.2.5

观利川腾龙洞

利川腾龙洞，5A级景区。太震撼了！忍不住在回来的车上，草拟顺口溜歌之。

利川山水博美名，更有奇洞名腾龙。
腾龙张口悬崖边，奇峰怪石各峥嵘。
洞口飞瀑奔腾来，卷云推雪啸声隆。
疾似雷电劈雳闪，势如千军万马鸣。
原来清江古河道，行到此处暗河成。
成就百里奇洞穴，洞穴险峻世闻名。
万兽雄踞穹隆顶，千禽俏卧崖壁中。
层层叠叠千尺上，绵绵延延百里空。
空穴来风寒彻骨，幽境有潭冷气生。
若得大卡二十辆，长驱直入可并行。
高可容得铁鹰飞，任意降落任飞升。
何时天遣巧匠至，挥舞鬼斧加神功！
珠峰归来诸峰小，腾龙之后诸穴平。
劝君若有清闲日，急趋利川向腾龙。

2021.6

走山村

山高农舍小，
云低松涛急，
独步闲桥上，
寻声见清溪。

2021.7，于宜昌夷陵区下堡坪村

戏菜园

昔日菜园已成狗尾巴草园，令人哭笑不得，遂吟打油诗8首戏之。

1

茄子茄子细又长，

欲将寻之草茫茫，

左右上下均不见，

毛毛草里把身藏。

2

牡丹牡丹容焦枯，

春色曾教百花输。

无奈今遭狗尾妒，

叶抱铁枝几欲哭

3

青椒青椒绿兼红。

狗尾重重困其中。

既生草兮何生椒，

我自郁郁君葱葱。

4

韭菜韭菜何处寻？

此处已成聚草盆。

狗尾巴草何其多，

难辨青韭叶与根。

5

百草园中貌不差，

我本鼎鼎鸢尾花。

不料占尽风光处，

君兮何兮狗尾巴。

6

九月曾经菊花开，

尔今恹恹草中埋。

静待秋凉寒霜至，

一缕清香草自衰。

7

黄瓜南瓜在田间，

欲往采芝草没肩。

罢了罢了由它去，

采把狗尾也心欢。

8

友人赠我月季花，

何以馈之狗尾巴。

转身离去不理我，

哎呀哎呀哎呀呀！

2021.7.25

林木葱茏珞珈山

大王派遣，今日巡山。

林木葱茏，蔽日遮天。

古藤绕名木，飞鸟鸣山巅，

玲珑琉璃瓦，隐约见一斑。

时有红狐影，倏尔没草间。

渺渺闻仙语，朗朗书声憨，

行至小径处，飘然身似仙。

2021.9.24，珞珈山环山路纪行

中秋巡湖有记

莫道秋日君行早，更有早行湖边鸟。

秋风摇落秋叶飞，秋潭粼波乱竹篙。

秋来碧叶满荷塘，犹有芙蓉独傲霜。

霜花霜叶溪深处，亭亭白鹭漫徜徉。

绿荫乡陌现红桥，桥上忽而桂香渺。

桂香袅袅绕秋月，玉兔蟾蜍总不老。

秋池秋木夜鹭孤，举目四望知者殊。

幸有秋花伴秋月，月影花摇看荻芦。

2021 中秋，于巡湖路上

游西湖有感

千里西湖终成行，岸柳此时方闻莺。

早羡西子无限美，更慕古今多少情。

长桥不长十八送，梁祝翩翩绕长亭。

断桥不断情何断？雷峰塔倒又雷峰！

苏堤苏子影难觅，孤山孤寺不闻钟。

诗书画印说西泠，残石断垣叹行宫。

白沙堤上平湖月，月圆月缺月照明。

三潭印处明月好，楼外楼里青山青。

松林深处武松墓，小小荒冢雾朦胧。

多少人间烟雨色，西子湖畔听涛声。

2019.5.30，于西湖

中秋思母

一年一度月明中
桂自飘香杯自横
碧霄易得一轮满
凡尘难觅慈母声
日日堂前寻旧貌
夜夜枕上添新痕
何时借得如舟月
一篙清波向蟾宫

2021 中秋

忆儿时天山脚下养鸡场的雪

最爱天山雪，冬时尤喜人。

夜来声寂寂，晨起难开门。

举足无落处，积雪没膝深。

茫茫荒野远，簌簌琼花纷。

嬉笑踏雪去，吱吱天籁音。

雀跃摇玉树，梨花乱扑人。

支筐逮飞鸟，飞鸟入乾坤。

五六七八只，红黄蓝黑粉。

个个不同色，只只不共魂。

忽而白犬至，惊走一筐春。

捧雪为茶饮，堆玉做友人。

天地归一色，万物统为真。

2020.1.16

待我白发飘飘之豪情篇

待我白发飘飘，

御马奔腾可好？

此生不只花前绕，

更有壮志凌霄。

青春乘风处，

白首不知老，

浪卷云天飞去，

鲲翅鹤羽英豪，

醉饮江河千万瓢，

挥斩寰宇魔妖。

诗酒逍遥客，

晚来也傲娇。

待卿白发飘飘，

我必策马西郊，

随尔天地人间老，

不问世事多少。

茫茫寰宇间，

唯见白发飘。

踏浪擎云霜剑，

铮铮光曜九霄。

长歌一啸红尘缈，

换我河山多娇。

从此挥别去，

浪迹诗梦桥。

2020.1.7，步"长发及腰"韵戏作

待我白发飘飘之归隐篇

待我白发飘飘，

归隐山林可好？

放马南坡任低高，

孤剑悲吟山坳。

朝饮清泉水，

暮看鸟归巢。

舞袖梅花惊落，

挽弓星汉动摇。

捧雪煮酒敬岁晚，

一杯还酹雄骁。

古道西风冷，

披云作雪袍。

待君白发飘飘，

我必剑敛云梢。

下马卸甲着红袍，

一蓑烟雨潇潇。

拨雾问松径，

拄杖寻古桥。

雪煮月光花影，

风送木鱼轻敲。

飞瀑流泉添作酒，

邀鹤共品佳肴。

茅舍披霜处，

与君共听箫。

2020.1.8

无　题

借来江湖一方家

独享童趣万簇华

鸥鹭自在频戏水

蔷薇悠然总开花

一念春风拂朝露

半湖秋霭伴晚霞

抛却尘世千万事

且吟月光慢沏茶

2020.3

观屋边竹

五月，某闲来每早晚观屋外竹林新笋生长，竟然被其极强的向上之力惊到瞠目结舌：晚间竹笋尚不盈尺，晨起已高过我头！又过两三日，竹笋早已拔地凌空，高过层楼！傲然挺立，如出世君子之高洁脱俗！遂叹曰：世上虚心向上，高风亮节者，非竹莫属也！

有竹映窗外，月明影徘徊。清风摇亮节，微雨净尘埃。
最喜五月里，新笋破土开。夜来不盈尺，晨起竟成材。
簌簌笋衣落，跃跃凌云霭。虚心并有节，谦谦君子怀。
不夺春阳暖，不惧凛寒裁，独立清寂处，还抱高洁才。
且诵东坡语，诗句不必猜：不可居无竹，无竹俗气来。

2020.5.23，于藏龙岛

歌刘祖高中医诊所

离黄鹤楼不远的一个小巷深处，有一家外观不算起眼却门庭若市闻名遐迩的小诊所，这就是刘祖高中医康复诊所——

敬之佩之，感之慨之，歌以咏之：

长江之南鹤楼西，幽幽小巷藏良医。
古色古香悬壶处，人来人往慕名趋。
诊所洁净又和祥，美誉锦旗挂满堂。
儒雅大医堂中坐，仁心仁术救死伤。
春风细雨询病苦，望闻问切辨端详。
补泻寒温细调理，君臣佐使和阴阳。
无论贫富与老幼，一视同仁赋良方。
不为一己多回报，只求苍生无病殃。

更有诊疗康复室，祖传医法显神机。
三五床位人患满，两位医者妙术施。
推拿按摩揉捏叩，针灸热疗诸法齐。
祖高出手多神妙，小刘技法亦高超。
推如巨浪排空至，揉似莲花御风摇。
刚柔并蓄掌指间，慈悲兼具内心里。
无声无息经脉通，有形有相患者喜。

妙手回春救苍生，赢得百姓口碑起。

多少病患得康复，多少赞誉街巷里。

行是君子谦谦风，言若春雨润物魂。

大医精诚为百姓，技精德高修养深。

滚滚长江东流急，杳杳黄鹤去难觅。

英雄城中英雄在，神仙楼下有神医。

仁心仁术映日月，万千百姓无病疾。

德艺双馨昭河山，千古流芳不为奇。

2020.7.30

观闻道牡丹之疑

闻道画的牡丹，百态千姿，清香四溢。观之，生疑：此为纸上牡丹，还是洛阳土中牡丹？

一轴画卷漫展开，
满目锦绣费疑猜。
万千娇姿尽摇曳，
三四蜂蝶争扑怀。
国色倾城谁染就？
天香满室何处来？
或偷洛阳一抔土，
移得纸上牡丹栽？

2020.5.17，于藏龙岛水天居

秋夜遐思

凉风送秋月，杨柳戏寒烟。

碧水苍茫处，孤鸟枝上眠。

秋色从来是，年年复年年。

唯羡枝上子，坦然云水间。

无思过往月，无畏影只单。

独立枯枝上，任凭风浪寒。

待得朝日起，一飞舞翩翩。

胸怀坦荡荡，无欲心自闲。

值此明月夜，与尔共婵娟。

2020.9.30，于藏龙岛

重阳记园中菊

忆去岁重阳买菊两盆，一盆金黄，花开四五朵，硕大无比。一盆红紫色，亦是三五花鲜。红菊难耐严寒，未久枯萎于盆。遂将金菊移栽土中，无施肥，不剪枝，任由发展。岂料未经修剪之金菊今秋竟变了品种，由矮株变爬藤，花朵由原来的几朵大花型，变为70余朵小花苞。虽未盛开，然繁华可期也！

去岁重阳日，喜得两盆菊。

一株黄金色，一株胭脂紫。

两两相映开，怡怡秋霜里。

隐隐月明夜，幽幽暗香起。

篱外秋色深，园中诗情始。

忽然朔风天，雨雪连天袭。

紫株不胜防，脉脉暗枯死。

金菊独傲寒，熠熠光彩生。

惊煞园中人，兢兢移土中。

不忍裁疏枝，任由自度冬。

历尽三百日，万种劫难蒙。

凄风苦雨后，秋颜焕新容。

独株变藤蔓，绵延枝叶重。

花苞数十朵，朵朵照眼明。

若得菊为友，烦愁何由生！

影傲品高洁，足以慰红尘。

2020.10.25 重阳节

小园闲记

今日闲来无事，独自小园溜达。

金菊层层叠叠，月季羞羞答答。

山茶含苞未绽，牡丹初露新芽。

橘树遮了窗棂，柚枝牵了头发。

绿萝蔓延桌面，红叶爬上篱笆。

白菜青青须摘，萝卜红了待拔。

人生万物如许，四季轮回随它。

身寄一方日月，心藏半池荷花。

2020.11.12

赏同窗彭年贵（蜀人俗子）
芳墨拟拙句

京城古稀人，自谓蜀俗子。

不屑半日闲，案堆笔墨纸。

闻鸡舞健毫，废寝忘黍米。

几度春秋过，炉火淬妙笔。

彤管尚未润，簌簌惊风雨。

风卷云墨落，雨蘸纤管起。

山高水急湍，遇势宕然止。

秀叶拥疏花，花生笔砚底。

幽兰映翠竹，姿质俏无比。

昭昭有日月，朗朗照君子。

文房掩卷香，余韵无穷已。

仙斋雅幅悬，庭前多知己。

2020.11

秋 思

总有一阵风，让花儿开在云间，
总有一泓泉，让苍宇柔美如涟，
总有一个秋啊，让红尘艳了时光，
总有一个瞬间，让人生五彩斑斓。

2020.10.21

歌冬日藏龙岛

汤湖有仙岛，冬来趣无边。

云水苍茫处，鸥鹭争飞翻。

渔舟穿雾过，闲翁钓寒烟。

枯荷卧清波，岸柳撩微澜。

蒹葭披霜冷，乌桕摇露寒。

银鸥趋网栖，老树向天攀。

鸟鸣池边树，日落水中天。

值此灵秀地，何必羡桃源。

2020.11.30，于汤逊湖藏龙岛

闲走崇阳

泉藏庭院深

竹掩石径长

峰回云雾缈

水绕炊烟凉

远陌牛弄草

近舍鸡啄荒

得此悠悠处

何必急回乡？

愿做山中叟，

懒为读书郎。

2019 冬

歌汤湖春色

汤湖春满岸，幽香近尘埃。

苇接白浪涌，水漫卵石苔。

柳拂水深浅，鸥飞影去来。

蛙鸣鹭鸟惊，鱼穿云影裁。

谁携仙子令，一夜遣花开？

野生蔷花美，色染红与白。

蜂蝶翩翩至，花间久徘徊。

少年欲采摘，哎哟声悲哀。

小岛人烟少，且衔花为怀。

万事不了了，心随野花开。

2019 春

附：徒步数据如下：

绿道一条，湖水两湾，路程近20里，用时150分。走17114步。途经大学3所，青山两座。岸柳两行，野荷百朵。被野鸟惊吓一次，惊飞鸥鹭十只有多。喜鹊两次扑肩，野花三回绊脚。三五羊儿吃草在岸边，八九蝉儿鸣叫于树上。遇行人二三，钓者一二。一两野鸭凫潜，几池荷花飘香，不是世外，也似桃源；十里树荫遮日，八方清风习习，虽然夏日，恍若秋凉。只是出门仓促，除却手机，未带饮水一滴。一路走来，虽有千千万万喜悦，却无分分秒秒不在焦渴。

　　补记：美哉汤湖，碧水三千，未敢取一瓢饮也。

观莺子《清荷》

冷月微风探藕塘

孤荷萧瑟溯秋凉

人空怨影花低处

便是池中一缕香

2019.6

夜走西津渡

西津古渡沉若舟，
老街千载叹存留。
石阶层叠送日月，
墙瓦错落迎春秋。
一眼看尽世间路，
双桨拨开古今愁。
可忍此地多留恋，
转看长江兀自流。

2019.8.19 夜，于镇江

湿地公园独步寻荷

早饭匆匆吃过，湖岸绿道独步。

听说荷花开了，不知花开何处？

一路没见俩人，野花野草满路。

湖水微微荡漾，风儿悄悄吹树。

喜鹊喳喳乱叫，有何喜讯倾诉？

云儿钻进湖底，阳光闪烁耍酷。

忽见一片荷塘，浮萍晃着晨露。

野荷亭亭数枝，犹如美人浴沐。

粉色花瓣舒展，心事芬芳郁馥。

偶尔也有一枝，躲在莲叶暗处。

独自浮动暗香，无须尘世介入。

生来清透高洁，不惹纤尘一度。

多想采支莲叶，当作伞儿相护。

可惜荷塘太深，差点打湿衣裤。

欲携清香归去，怎奈芳香如雾。

欲寻柳荫歇息，却惊几只鸥鹭。

2019.6.14，于藏龙岛

读诗友诗作有感

今天，友友们接二连三发来七夕诗，读来受益匪浅。打油记之。

雨梦兰石多清幽，百花应是惭若羞。

一山一水一村里，有茶有饭有妪叟。

渺瀚东湖水连天，格格诗兴浓且酣。

提笔轻描状白鹭，神清气静任飞翻。

陶然七夕忧思长，痴痴挥毫架桥梁。

才情涌溢银河断，更渡织女与牛郎。

文奎长宇叹离忧，万点星珠作泪休。

妙笔染红梧桐雨，旧恨落处添新愁。

芦芝七夕梦影长，一心一佛怜鸳鸯。

一禅一悟生花笔，一生一世福无疆。

太阳建中破九天，研罢中医研诗篇。

向来下笔多豪气，能不赤膊下天山？

闻道乳山望苍穹，几欲追寻织女星。

只叹眼花寻不见，转身海边扑流萤。

小姚嘟嘟说立秋，只见剑闪不见愁。

红瓤黑子西瓜美，叶落蝉寒也风流。

岩虹妹妹忙不迭，夜来闲赏一池月，

向天一歌又一笑，秋风窗里情摇曳。

画家莺子笔生香，画轴卷处秋风凉。

苍松重峦吟霁月，丹青醉墨一情长。

2019.8.5

歌龙脊平安寨

十万大山里，有寨名平安。

石上叠木屋，路边涌清泉。

小径石板厌，陡峭且蜿蜒。

袅袅炊烟起，悠悠白云闲。

梯田逐云走，稻香扑鼻前。

老妪临屋坐，竹筒米饭甜。

笑语待远客，虫鼠^①桌上端。

龙脊尚未去，已然迷寨间。

2019.10.12

---

① 鼠，即竹鼠。

一行四人徒步翻越龙脊诸山纪实

龙脊之地有稻田，层层叠叠入云端。

村村寨寨山相隔，寨寨村村水难连。

欲将美景搜寻遍，须得翻过数重山。

珞珈有梦四人组，七旬老者与少年。

挂杖背包相随去，一览江山美梯田。

平安寨出三五里，"九龙五虎"卧山间。

金龙跃跃欲飞腾，猛虎伏地心不甘。

待等一日山风起，一冲跃上万重天。

山路崎岖又仄仄，石板湿滑雾缠绵。

抬头峰高石欲落，低首脚临万丈渊。

忽而山雾奔涌来，不见五指在眼前。

四人高呼呼不见，云海翻腾腾山岚。

恍惚驾云乘风走，误入云中仙界般。

突闻噼啪雨声大，大珠小珠落发间。

石板光滑脚不稳，山路陡峭难攀援。

一步一挪寻路去，两两相助互扶搀。

惊见有峰炊烟绕，定有人家可歇闲！

力尽筋疲移步至，"中禄"瑶村山崖悬。

木屋层叠山岩上，青石铺路绕其间。

红瑶老妪笑引客，宰鸡烹鱼火煮煎。

韭菜鸡蛋自家菜，腊肉豆角又一盘。

水足饭饱拜辞去，老妪送伞走在前。

乘车急驰大寨村，醉赏遍野千层田。

天梯千步云端走，云端万里送香还。

平安最美观景处，七星伴月在云间。

月亮圆圆山中落，金星七颗散周边。

定是天人遗诗画，落入人间作梯田！

2019.10.13

注：2019年10月12日，应俊东的盛情相邀，我们一行四人，开启了十万大山的寻秋之旅——去广西的大山深处追寻世界有名的非物质文化遗产龙脊梯田的诗情画意。

古人咏月葫芦串儿

——中秋闲来无可思，独卧长榻吟古诗

李白邀月出天山，

花间对饮影成三。

杜甫月夜忆舍弟，

月是故乡明无边。

惊鹊未定露沾湿，

秋空明月浩然悬。

曲江池畔白居易，

东南见月几回圆。

苏轼把酒长吁叹，

但愿人久共婵娟。

百尺楼台水天接，

商隐霜月不闻蝉。

王建秋思落谁家？

今夜月明树栖鸦。

夜泊秦淮杜牧诗，

烟笼寒水月笼沙。

十轮双影转庭梧，

此夕晏殊独嗟呀。

浮云遮月听横笛，

此夜西楼辛弃疾。

天涯明月海上升，

九龄不堪盈手赠。

明月松间照王维，

清泉石上流未停。

曹邺夜半招僧至，

乱泉孤吟对月烹。

最美《春江花月夜》，

孤篇一展冠全唐。

古人咏月诗如泉，

几人翩翩月下还?

江月骚人皆不见，

幸有诗篇耀流年。

……

2019 中秋

注：此诗得到必胜学兄指教。

数字诗：秋

一夜秋雨送秋凉，
两三秋雁自成行。
四时总让秋色早，
五谷藏时更喜霜。
六七枯荷摇岸柳，
八九鹅鸭戏池塘。
十里香飘闻桂子，
百般秋思随秋长。

2019.10.24 霜降

走呀诺达热带雨林

呀诺达旋热带风

雨林重重又重重

山吐清泉野兰香

水映椰枝天鹅鸣

千年夫妻榕不老

一树桃榔果青青

遇石成洞巨蟒出

见血封喉鬼眼睁

参天古木藤蛇绕

穿地石径藓苔生

踮足犹触菠萝蜜

举目芒果入云层

5A 胜景寻何在

海南三亚向保亭

2019.12.1

歌五指山

五指山脉雨林间

树蔽日月水潺潺

云遮五指寻不见

雾绕栈道客似仙

古榕根抱巨石老

龙藤身作过江船

幽幽溪涧清泉涌

密密林中鸟声欢

江畔更有奇木在

龙腾虎跃蟒盘缠

峰笔水墨堪作画

纵横观来总不烦

2019.12.3，于五指山呀诺达归来车上

随你到天涯

传说一对热恋的男女分别来自两个有世仇的家族，他们的爱情遭到各自族人的反对，于是被迫逃到此地双双跳进大海，化成两块巨石，永远相望于大海边。

后人为纪念他们的坚贞爱情，刻下"天涯""海角"的字样。如今，"天涯""海角"成了爱情的向往栖居之处。随你到天涯海角，也成了有情人最美好的愿望。

我想把我的欢乐撒在沙滩，
让它与海浪戏玩。
我想把对你的祝福刻在海上，
让它永不枯干。
我想把诗种在天涯，
然后躲在海角，
看它随浪花一起飞翻……

几欲追风去，
终于到天涯。
雪堆磐石浪，
涛卷疾流沙。
天涯举日月，

海角擎云霞。

孤帆动鸥影，

椰风摇韵华。

双双多情侣，

依依忘归家。

海誓山盟处，

心逐雪浪花。

2019.12.7，于海南三亚天涯海角

观三江入海口

三江相携入海湾，
博鳌奇景玉带滩。
左望流缓江面静，
右瞧风疾浪滔天。
万泉九曲龙滚处，
琼海一见息波澜。
南国江山多妩媚，
无限深情河海间。

2019.12.8，于海南

获赠三自斋人墨宝有感

有卿隐居湖之西

寄情翰墨声调低

挥毫落纸龙凤走

吐气扬眉龙蛇屈

风来笔摇牵岸柳

雨至墨染点露滴

酬志何须嚣尘处

更多幽趣在雅居

2019.12.23

闻道牡丹赞

闻道牡丹不畏寒

花开羞煞武则天

国色唯因才子媚

天香不屑帝王缘

紫气东来品高美

惠风和畅风姿妍

绘就牡丹万千色

天下唯君最开颜

2019.12.23

迎新年

2018 即将来临，新 24 节气歌迎新年。

立春东风早送暖

绵绵雨水湿衣衫

平地隆隆惊蛰醒

春分犹见倒春寒

清明耕种梨花畔

五谷逢雨迎丰年

立夏不问花落否

小满喜看穗初元

收播匆匆看芒种

夏至最长是白天

小暑何须摇扇早

大暑莲叶圆又圆

立秋万物收敛时

处暑了断酷暑烦

瑟瑟秋草摇白露

秋分日夜平暑寒

雾气凝冷寒露至

霜降催老百草园

北风寒潮立冬日

小雪纷飞出门难

大雪随后满天飘

携来冬至夜绵绵

初始小寒冷气存

大寒时节冻成团

2018 前夜

见鸟巢，有所思

瑟瑟朔风起

戚戚冷雨袭

双翅怯流云

孤爪颤铁枝

忽然思高远

衔草且有泥

往来翻飞忙

叩啄腾挪疾

枯梢新屋俏

秃树黄花稀

冬临雪伴舞

春来花共枝

莫道腾飞晚

自在总有时

2018.2.19

歌田园老夫及他的菜园

老夫投笔去，荷锄向田园。

世事无心问，唯独喜桑蚕。

晨随鸡鸣起，暮追夕阳还。

汗滴蔬园土，笑逐蜂蝶翻。

闲来采青豆，紫花落眼前。

番茄挂枝红，青瓜坠藤慭。

杭椒最羞涩，深藏枝叶间。

浓浓艳艳处，紫茄夺目鲜。

正欲喝茶去，何物头上悬。

举首探究竟，西柚荡秋千。

风推树摇曳，似惹老夫玩。

抚须仰天笑，歌我好河山。

国家多安好，老者才悠闲。

田园趣味多，何必慕神仙。

2018.4

四月天

又是四月天，花开三春柚。
藏龙迎游子，情浇沃土厚。
师生三世缘，丛林君独秀。
谭笑田园间，且看竹清瘦。

2018.4.27，中文系才子谭代雄先生光临寒舍

叠字诗：七夕

渺渺碧落阻星河，
幽幽两情久相隔！
杳杳浮槎呼无迹，
熙熙乌鹊仁义多。
悠悠长恨王母簪，
遒遒欲作船上伯。
朝朝星汉往来渡，
庶庶儿女任穿梭。

2018 七夕

一字诗：鹊桥叹

一簪一河一七夕，

一望乌鹊一桥知。

一儿一女一肩担，

一拥双泪一叹惜。

2018 七夕

数字诗：七夕

一阻银河两情伤

三迭乌鹊筑桥长

冰蟾四时难相渡

星辰五更枉悲凉

六合惊艳有织女

七夕喜乐是牛郎

但祈诗仙遣河走

飞流千尺贬回乡

2018 七夕

集体催眠

有幸亲自见识丁成标教授的集体催眠与个体催眠，太神奇！叹为观止！

若有戚戚复晕晕，此有心灵点灯人。

珞珈奇人丁成标，真人不虚寸与分。

千人熙熙催眠课，缓缓音声入人心。

催得众生入眠时，座座"人桥"已成真。

醒来再看室外景，一扫阴霾春阳温。

拂去灵台尘与土，还尔清纯快乐心。

丁氏成标名遐迩，四海忧者挤进门。

个体催眠

盈盈笑容化冰雪，潺潺心语扫雾云：
瞬息放下万千事，闭目轻舒眉与神。
不觉人间车马嘶，唯闻大师语谆谆。
时而春花尽烂漫，时而高天走流云。
忽闻小桥绕流水，又见炊烟起小屯。
仙山仙草仙乐起，愁云惨雾哪里寻！
双眉紧锁进门时，临别喜悦说寸心：
唯愿大师长健旺，造就无数快乐人！

2018.7

八月中秋，思念亲人而作

鸣蝉声犹在，蓦然又中秋。

月圆花好处，更有秋声稠！

秋虫偶鸣树，秋月空照楼。

秋思依山转，秋绪逐水流。

秋镜高悬挂，恍如走孤舟。

仙药奉谁饮？桂酒与谁酬？

家山飘渺远，思绪如何收？

唯愿来年月，莫再惹人愁！

2018 中秋

重阳忆开封菊

2018年重阳期间，在武大校友景泰、郎毛引领下赴开封赏菊。号称八朝（一说十三朝）故都的开封，其历史遗迹大多沉埋层层沙底，唯有年年盛开的菊花，依然向人们诉说着古都汴京的辉煌。名扬天下的开封菊，其多姿多彩、独树一帜的美丽，着实令人惊叹不已。

> 霜菊犹自抱金黄，
> 谁解开封五彩祥。
> 赤绿橙黄青紫媚，
> 高低隐逸起伏常，
> 一枝彩蕊殊颜色。
> 五里花廊共雅香，
> 沙底八朝沉御梦，
> 是托帝女慰家乡？

2018.10

赞英雄李向阳（郭兴）

日寇铁蹄呈凶狂，

英雄一怒李向阳。

犀利明目喷怒火，

铮亮双枪对豺狼。

横刀立马闯敌营，

神出鬼没烧粮仓。

向阳郭兴战功赫，

千秋不灭美名扬。

2017.1.31

铃子忘带钥匙独行湖道有感

急奔藏龙岛，钥匙忘带了。

无奈湖边去，孑然行步道。

一望无人处，四外音声缈。

湖风瑟瑟里，芦苇摇歌早。

野花媚细雨，秋波撩宿鸟。

十里蜿蜒路，落叶掩衰草。

心随风波清，意逐芦荻好。

宁锁城中门，永驻神仙岛。

2017 秋

昨日邀三两友人园中采蔬果，打油记之

小园蔬果绿复黄，
三两友人逃班忙。
偷得半日闲暇处，
采来一份秋时光。
秋波满目何须抛？
香果两树自挂霜。
万事推出护栏外，
美味只邀神仙尝。

2017.11.22

238

祝文奎生日快乐

一山一水一花前

一琴一弦一少年

一心一志一世界

一去一往总翩翩

一城一池一如昨

一枝一叶无须言

一生一世花多好

一松一鹤也悠闲

2017 秋

注：有感于文奎当年是个会拉琴的翩翩少年。

叹哈密魔鬼城

谁持鬼斧炫神工，

大漠瀚海雕奇城。

古堡殿堂云中走，

神龟天马风里鸣。

熠熠生辉珊瑚在，

哧哧有声恐龙行。

沧海桑田亿万载，

尽入此处迷时空。

2017.8.7，徒步哈密魔鬼城

鸣沙山叹

乌云翻卷。远方鸣沙山，据传是樊梨花征西时，其女兵营将士被飞沙掩埋，全军覆没之处。

巾帼梨花向西征
猎猎旌旗舞寒风
未料一夜狂沙起
哀哀千载叹英雄

2017.8

徒步巴里坤鸣沙山有感

　　铃子一行 2017 年 8 月 8 日徒步巴里坤鸣沙山，其山虽无敦煌鸣沙山之大，但不逊敦煌鸣沙山之奇，更有樊梨花女兵营全军将士在此被飞沙掩埋的悲壮故事，使得原本就险象环生的巴里坤鸣沙山，更具悲壮惊险奇幻色彩。

忽然戈壁起风沙

掀卷嘶吼天崩塌

风卷千层黄浪涌

云逐万里马嘶杀

禽鸟怯怯绕山走

行人惶惶惧攀爬

梨花将士今何在

黄尘滚滚无应答

赞阳新仙岛湖

遥赴仙岛碧水间，

半是游客半为仙，

千回屿礁戏白浪，

万叠绿波浮翠山。

朝笼烟溪一池水，

晚收雾岭两重天。

王母若得此处景，

定弃瑶池作别谈。

2017.5.1

歌王奶奶

小屋倚青山

密林出笋尖

院中鸡觅食

堂前燕飞翻

自栽园中菜

亲背山上柴

灶膛炉火旺

锅底香味埋

开口声如钟

行路风让开

青峰伴寿长

绿水引福来

山水不相弃

乐趣满襟怀

2017.5.1

观洛阳牡丹有感

芳菲四月洛阳城，一花独艳举世惊。

带雨含羞枝为语，承露绽红叶作篷。

红如天际霞尽燃，白似江河浪奔腾。

忽然风吹繁星落，魏紫姚黄耀眼明。

黑色牡丹最羞涩，隐入灯火阑珊中。

一朵斜出俏粉色，疑似莲花碧水生。

绿苞冷艳迟迟开，不争春色与春风。

天香国色洛阳子，香飘四海留美名。

傲世何惧春已晚，艳骨哪怕火焦容。

只需家乡两抔土，隔夜锦绣瞬间成。

一世傲骨唯君有，三生烟火洛阳红。

人生风骨当如此，笑傲一方自从容。

赏花归来再无花，离别洛城再无城。

2017.4.16

留校偶感

过年留校园，空空少人烟。

教室门紧锁，操场无少年。

一二老教授，跑道步蹒跚。

巍巍老宅舍，寂寞樱树前。

鸟雀走石阶，八哥落飞檐。

缕缕香风来，寻迹到梅园。

金蕊悄绽放，暗香醉枝间。

恍然举步去，又到未名潭。

枯荷卧清池，黄叶扮睡莲。

倒影晃樱顶，涟漪惊翠山。

灰鹊岸边叫，布谷不敢言。

轰然飞来石，艺博落池边。

傲然昂首坐，静待三月间。

壮哉我武大，美哉我校园！

且等春花开，挤爆樱花天！

2017 寒假，于珞珈山

观万里马拍摄菊花有感

何时秋菊绽秋霜，

惹来游人步徜徉。

秋风秋叶扑满地，

正是此花赤橙黄。

2017.10

我盼月儿如船

去年今日，此时此刻，99 岁的母亲永远离开了她最难舍弃、最惦念的亲人，不再回来。母亲走了，我的心碎了。

月儿弯弯，

您去了天堂，我流落他乡。

月儿圆圆，

清辉如许，我却找不到故居。

迷失在人间荒野，

独裹星稀月寒。

世间人都盼月圆，

我却望月亮如船。

载着我去云外星河接您，

接您回到我的身边。

月儿圆圆，

我盼着月儿弯弯如船。

2017 中秋

咏鸡诗

太虚耀星辰，寰宇听鸡鸣。

悠悠天地间，唯君第一声。

昂首一歌起，惊落满天星。

嫦娥羞躲避，玉兔隐其形。

火轮跃天际，曦和御车行。

农夫出门去，村舍炊烟升。

蜂蝶忙来往，草木露晶莹。

一冠王天下，两爪刨光明。

三唱醒万物，八荒起和声。

有君歌相伴，何愁无光明？

2016 岁末

雪后寻梅

雪后红梅三两枝，
哪堪暗香惹相思。
绕树三匝忍离去，
步步回头有新诗。

2016，冬，于珞珈山

梅花语

有感于寒假校园冷清，唯有我与梅花相守校园。

冷雨寒风频降临，
珞珈空空叹无人！
闲来唯对梅花语：
与君共守一园春？

2016.1.28 寒假，于珞珈山

题珞珈山未名潭

珞珈情拥未名潭，
盈盈秋水动碧涟。
寒来暑往证日月，
春去秋临鉴地天。
脉脉秋色群山里，
瑟瑟冷风涟漪间。
此生相守不相弃，
一山一水一校园。

2016.10

蝶恋花·寻樱

春日寻樱拾旧路。

百转千回，也绕花千树。

谁扯轻纱留我住，一枝香蕊说思慕。

媚眼轻抛撩我步。

摇颤清香，便胜言无数。

欲走还留频往顾，哪堪明日寻无处。

2016.3.9，于珞珈山

回文诗：樱绽春语

樱绽春语柳色青，

树满花枝摇和风，

莺燕舞浪衔夜雨，

蒙蒙雨夜春融融。

2016 珞珈樱花时节

逍　遥

二月瑞雪舞林梢，
五福临舍贺春早。
零星梅枝才吐蕊，
屯里诗情已动摇。
新春无意夺笑语，
年岁有情争妖娆。
快得众人心相遇，
乐看神州我逍遥。

2016.2

天山印象

古木飞鹰遮青天，
冰河盘卧万丈渊。
朔风出峭呼啸至，
飞雪入篷伴我眠。
携枪山涧击飞鸟，
荷锄云中采翠莲。
唯盼春来西行早，
再入天山忆桑田。

天山见闻

一瀑腾空呼啸下，
急流飞湍越巉岩。
枯木怪石裹其中，
瞬息越过万重山。
银浪飞溅袭古木，
巨石翻滚震云天。
邓羚雪鸡惊逃遁，
青松挂崖根不安。
生来六千三百日，
方知天下有此川。
诗仙若作天山游，
定悔美文状庐山！

2016

天山记忆

山峰有坡貌平平，
野花姹紫又嫣红。
横亘地缝赫然现，
对峙山崖瞬间生！
怪石突兀生阴霾，
奇松倒挂无栖鹰。
莫说深渊深万丈，
一步飞跨草木惊！

2016

春夜登黄鹤楼

春月朦胧龟山影，
春雨轻烟一江中。
春风黄鹤唤不归，
春意昔人杳无踪。
春色满船载不动，
春水半江别样情。
春心喜登层楼去，
春花数枝遮江城。

2016 春

牧童遥指杏花村

牧童遥指杏花村，
杏花村里酒香醇。
同行好友两三个，
共饮美酒四五樽。
摘下杏花六七朵，
心上醉意八九分。
临行捎上半壶酒，
醉卧花丛一片春。

2016 春

误入杏花林

提篮采野菜
误入杏花林
举步花扑面
绕行枝惹人
索性树下坐
任尔香满身
晚来归家去
笑倾一篮春

2016 春

最爱戈壁马兰花

戈壁马路边，盛开马兰花，

绿叶一<u>丛丛</u>，紫蕊丛中发。

清香沁心脾，娇艳羞百花。

寂寂自在开，寞寞迎风沙。

少时放学路，一路采摘它。

绿叶编花篮，紫花头上插。

马兰开满头，嘻嘻笑到家。

2016 春

醉卧花坛

花哥生日，趣填半截诗。

洛阳才子嫁牡丹，交杯换盏两相欢。

月色朦胧人退隐，情意绵绵卧花坛。

国色堪酿一壶酒，天香能抵两碗面。

羡落晨星七八个，半醉半醒半痴癫。

2016.4.5

天净沙·深院

深院高木繁花，
圣僧罗汉菩萨。
曲径石苔跳蛙。
木鱼几下，
度苍生叩天涯。

天净沙·自家田园

青椒瓠子丝瓜，
柚子橘树枇杷。
小院长藤木瓜。
锄禾搭架，
种田人在咱家。

祝贺青莲生日快乐

祝寿松柏栽南山，

贺岁美酒映池莲。

青萍袅袅美少女，

莲花亭亭俏容颜。

生就清纯娇艳质，

日月羞惭妒笑颜。

快展西京双翼桨，

乐在心湖摇渡船。

2016.11

书山之中有红颜

戏仿唐伯虎"桃花坞里桃花庵",祝福岩虹生日快乐。

图书馆里书成山,书山之中有红颜。

红颜诸书都读遍,又将好书藏房间。

闲来只在书中坐,困倦还在书中眠。

半闲半困日复日,书展书卷年复年。

但愿啃书破万卷,不想碌碌混人间。

酒地花天庸者事,诗书经史雅士缘。

若将庸者比雅士,一在泥塘一云间。

若将啃书比碌碌,彼何混沌我颖然。

世人笑我啃书山,我笑世人酒囊填。

通达辨悟明心性,留与后人作美谈。

2016.8.23

267

才女严红生日快乐

才敏七步兮灵心慧性，
女中皎皎兮如月流光。
严谨治学兮群书博览。
红装素裹兮如兰芬芳。
生花妙笔兮篇篇锦绣，
日和风暖兮别样文章。
快步流星兮追日赶月，
乐山爱水兮寿比天长。

2016.8.26

山转水映一树花

万淑华生日，群里要求写一首"复字诗"，每句必须有
"树""花"二字出现。

山转水映一树花，
花树隐约有人家。
家家门前鸟巢树，
树树枝头开繁花。
袅袅云烟树摇月，
盈盈月光花入家。
日落月升树为媒，
鸦去燕来花作答。
愿赏云霞花共树，
喜看烟雨树上花。

2016.9.21

鸟语难

格格说英语，群友戏作歪诗以贺其生日快乐。铃子戏仿《蜀道难》，逗格格喷饭。

鸟语难唉呀呀！云里雾里，

鸟语之难，难于上青天！

格格与鸟儿，戏耍丛林间。

洗耳恭听八千岁，不知云雾绕谁还！

莫非阁中有鸟道，可以横扫百鸟言？

朝颂暮读忆记死，然后叽里呱啦相勾连。

左有"懒吃""撒泼"与"喝腿"，右有"歪啊哟狗狗笑
　　频怕咳"去公园。

似牵鹰隼蹚河过，尤教蜂蝶高盘旋。

鸟语何缠缠，百鸣九转学不全！

捶胸顿足仰天呼，以手扶枝坐长叹。

问君献胆何时还，鸟枝高耸实难攀。

但见凡鸟栖高木，百鸟和鸣绕云天。

又闻喜鹊布谷语，对无言！鸟语之难，难于上青天。

未曾开口凋朱颜！

愿做林中赏鸟人，虽无语，却悠然，

喜闻啾啾虫雀鸣，乐见雁过斜阳间。

时而春阁传凤语，间或秋叶舞翩翩。

鸟语难，难于上青天！

伊说我听醉林间。

2016.10.18

蒲公英生日贺联

一片冰心两肩重任三生烟火修得福喜满满

四方街邻五湖宾客六合亲朋送来寿桃多多

赞蒲公英

飘逸飞扬一随风，
为人为我两相同。
落地花开三生幸，
飞天漫舞四季风。
笑饮江河五湖水，
乐看红尘六根清。
日行追梦七八里，
九十一百追寿星。

2016

和陶然三句半

适逢端午节，
总嫌粽子少，
躲在屋檐下，
吃饱！

闲来欲写诗，
只叹思太少，
屯友才华溢，
学了！

人生虽过半，
童心不可了，
同聚百岁日，
笑倒！

2016.12

中秋思母

中秋月圆人难圆，秋风瑟瑟秋江寒。

寒江冷月遥呼应，远行慈母去不还。

月光依旧清似水，谁人为儿摇蒲扇？

月下小径似旧长，谁人背儿十里还？

月寒夜冷风如刀，谁为炭火烘被眠？

月色如银月如灯，谁人为儿补衣衫？

八月十五云遮月，月下悲愁无人言。

行行诗意浓胜酒，字字悲情重如铅。

思念缕缕无从解，泪水静静拭不干。

慈母音容映明月，月下孺子盼母还。

月月年年复月月，年年月月复年年。

何日云月做轻舟，载儿与母再团圆。

2016 中秋节

梅兰竹菊篇
——赞陶然

珞珈有才女，脉脉花中行。

笔墨活山水，笑靥惭芙蓉。

梅傲如风骨，兰幽暗香生。

竹虚若尔节，菊羞百花形。

栀子诉相知，樱瓣洒深情。

一赋惊文坛，三叹慰英灵。

妙手救文章，趣诗笑红尘。

才华隐清照，容颜西子惊。

风骨竹梅里，清质莲花中。

珞珈得才女，从此任从容。

2016.10

蝶恋花·夜雨无声

谁借秋风描画意，

夜雨无声，鹭鸟急归去。

一叶孤舟烟雾里，半池荷了萧萧意。

几叶红枫说旧事，

莫笑牵牛，不减花开趣。

秋果挂枝香未老，欲言羞与红尘似。

2022.9.23

燕归梁·不借秋风

　　不待秋枝掀画廊，绿蕉自张扬。一池花好待月光，纵无语、也生香。

　　霜枝展艳，萍花酿酒，一醉也无妨。云来雁去信尘缘，寒笛短、蔓藤长。

2022. 10.3

蝶恋花·重阳写意

细雨晨风循旧路，无意登高，却到山高处。谁蘸丹青涂老树，重阳颜色教人妒。

无患子叠悬古木，一念菩提，听蓺红尘误。莫笑秌山多向暮，新词一曲惊栖鹭。

2022.10.4，重阳节

步韵陶佳珞秋诗一首

巡湖一路总匆匆

两岸谁泼丹墨浓

近水乌枝摇旧色

远山枫叶落新红

秋荷残处尘俗少

衰草枯时缘分穷

美景痴情同画卷

且斟秋色饮一盅

2022.11.11

附:《题玲玲老师巡湖赏秋照》

陶佳珞

巡湖犹忆叶葱葱

彩笔谁知下碧空

漫洒藤黄敷老杏

长挥胭绛染新枫

残荷泣处蜻蜓少

高苇摇时白鹭丰

游赏斑斓如画卷

且听秋曲水流东

2022.11.10

破阵子·雨急洗梅

字里行间纵马

梦中醉处胡笳

年少豪情飞箭矢

一跃惊开一世花

再倾杯底茶

风紧为描秀木

雨急怜洗梅花

冰魄云魂何须改

提笔犹写浪里沙

灯摇月影答

2022.11

注：步韵诗友《破阵子·荣耀和酒》。

破阵子·篱院何来
——感五元所赠嘉兰百合

篱院何来春意,
人间谁递仙葩?
展翼蹁跹如凤舞,
映虹疑为雨后霞。
有人笑未答。

赠我嘉兰数朵,
馈君梦里兼葭。
千里尘缘香溢远,
一念菩提初绽花。
满园都是它。

2022.11.14 晚

踏莎行·栖鹭眠枝

栖鹭眠枝，飞红恋树。

独行秋色斑斓处。

天长水远静无人，

翩然鸥鸟穿薄雾。

闲采孤芳，浅摘朝露。

几回阡陌迷归路。

转间霜雪断梧桐，

且思莫使良辰误。

2022.11.23

赋了一山又一山

珞珈翩翩美少年，
赋了一山又一山。
远山近水赋个遍，
然后衣袖一甩隐尘烟。

忽然一阵稻香来，
放眼龙脊有梯田。
两个包子进了肚，
一身顽皮如涌泉。
手拽白云急急爬。
千层天梯一气攀。
路上花草多姿态，
少年一时迷其间。
野菊灿灿铺满路，
芦花摇曳诵华年。
才叹山色看不尽，
又熏稻香醉痴酣。
脚步踉跄问山姑，
何方有路可向前？
行不得也小哥哥！

前方人迹罕至无人烟。

少年从来不信邪，
捡个木棍独向前。
荆棘丛生不见路，
唯有牛粪冒热烟。
少年顿时喜若狂，
循着牛粪走清闲。
不料误入痴情谷，
草木多情胜人间。
左拦右拽前后扯，
犹如御弟哥哥遇众仙。
几根荆棘牵衣角，
一窝刺果伏在肩。
更有无赖芒刺花，
纷纷花叶满身沾。
少年受困痴情谷，
转身大呼求救援。
左呼右唤无人答，
少年一时蒙了圈。
神仙姐妹放我归兮，
若有牵挂等来年。

三步并作两步跑，

哪管它花刺满身发如草，

人似惊弓鸟一般！

梯田小径滑又窄，

一不小心坠泥潭。

浑身泥水都沾遍。

恰似带泥新藕出荷田。

一身泥浆一身花啊，

隐尘烟兮惹尘烟！

人间烟火躲不过，

有情多隐无情间。

若问翩翩行者谁？

珞珈才子笑无言。

2022.10.14

注：阅五元龙脊游记笑喷，遂打油记之聊供喷饭。

山西景点葫芦串

初识云冈石窟来，岁月千年山崖开。
帝王圣心托昙曜，一山琢空万佛咏。
巍巍北岳起青峰，峰拥奇寺寺悬空。
宁为佛门离故土，不教灵台染纤尘。
举首名楼有木塔，应县释迦负盛名。
千年傲世穿云立，风摇雨摧自凌空。
四大古城走平遥，城墙有人犹打更。
县衙桌面惊堂木，千年古槐证清明。
世间最高琉璃塔，广胜寺里塔玲珑。
千年古柏左右旋，日光照处起彩虹。
洪洞县有大槐树，华夏后人祭先祖，
明朝移民为纾困，谁解万千百姓苦？
一览盐池遥无边，边上隐隐中条山，
山上云雾自缭绕，绕过群峰见浅滩。
鹳雀楼兮王之涣，白日尽兮水漫漫，
处江湖兮志高远，劝君更去楼上看。
威镇黄河谁最行，铁牛铁人河底情。
千年守得蒲津渡，吞浪踏沙月照明。
驰名中外情爱地，普救寺里西厢记。
张生莺莺约会处，古塔蛙鸣悠悠事。

黄河万里急奔腾，万壑千山传回声。

青山叠翠幽幽处，克难坡里马嘶鸣。

中华民居第一宅，王家大院门敞开。

深深庭院两千间，不见曾经故人来。

立秋时节酒汾汾，几人来过杏花村？

玫瑰竹叶一樽美，倾尽玉液说酒魂。

皇家晋祠在太原，三晋文脉皆有源。

日月更替三千岁，岁岁巍峨悬瓮山。

2022.8.13，于太原，旅行结束日。

注：山西 10 日文化古迹游，打油诗串景点。三晋古迹华夏冠，尤似明珠洒玉盘。

按参观景区顺序：

1. 云冈石窟

2. 悬空寺，应县木塔

3. 平遥古城，广胜寺琉璃塔

4. 大槐树

5. 盐池，鹳雀楼，铁牛，普救寺

6. 壶口瀑布，阎锡山故居

7. 王家大院

8. 杏花村汾酒

9. 晋祠

南方有嘉木

南方友人五元寄赠嘉兰百合，收之，心喜悦，心惶惶。

南方有嘉木兮

溢百合之芳香

姿妖娆复妩媚兮

犹美人之羽衣霓裳

性魅惑且擅变兮

似烈焰之燃冰霜

霜火何以共枝兮

教我恓恓惶惶

培沃土以为衾兮

遮兰草以为裳

浇甘露以为饮兮

采清风君以尝

俟嘉人凝冰蓝兮

唯月下伴守

及美人火焰灿兮

吾愿焚而为凰

君赐我花漫篱门兮

我投你喜悦飞扬

君递我南方嘉木兮

我与其小园偕臧

2022.7，嘉兰百合收到之日。

蝉

君为高风柳

我本知了猴

忽遭秋夜雨

土里度春秋

晨露堪作饮

暮霭怎掩愁

蜕壳三四层

层层缀岁忧

长待夏日近

振翅向君讴

乘风柳梢上

借枝展歌喉

君秀林木中

我歌君枝头

声声鉴日月

叶叶镂明眸

浓浓枝叶里

逸韵标清流

2022.7.29

鬼针草^①

白叶黄蕊路边开

奇花疑是天仙栽

微雨簌簌频摇曳

清风涩涩少招徕

医家唤其鬼针草

患者服之祛病灾

苦籽脉脉随人走

花开只因君去来

2022.9.15

---

① 清热解毒药。据说其籽喜粘路人衣。人行籽落，于是又生长，开花，结籽……

柳梢青·夜来香

庭院小窗，谁邀月色，架下徜徉。

绦情枝，银花雪萼，饮醉诗肠。

悄然影过回廊，却又见，猫衔碎芳。

一缕清魂，夜来香染，君子花房。

2023.1.24 观友人夜来香摄影作品后

后　记

其实,20多年前就开始创作了。不是写诗,是写儿童科幻小说。那时沉浸在创作的快乐中不能自拔,取得了不少的成绩。不料中途身体不适,已入佳境的儿童文学创作被迫戛然而止。

退休之后,突然感觉,我应写点什么了,当职场的一切喧嚣散去后,独自行走、思考,与大自然融为一体,发现美好,感受美好,才是我最爱做的事。写长篇小说是没有精力了,我知道我自己,当年写作时,只要一坐在凳子上,我就不由我了,我会被小说中的人物故事拖进另一片天地,从而忘了时间,忘了吃饭,忘了自己在什么地方。那时年轻,有母亲把家务一肩担了,所以,可以那么昏天黑地地拼一下。现在可不行哦,一天不吃不喝不睡,身体就开始抗议了。

感谢珞珈山,感谢汤逊湖,感谢美丽的大自然,当我融入它们之中,我是那么的欣喜,那么的开心快乐,那么的感动!草长莺飞,花开花落,都会让我的心飞翔起来,都会让我的内心为之喜泪涟涟,让我产生向朋友们分享大自然无限魅力的欲望。我要歌颂它,我要分享它!于是,不知不觉中,我开始写"诗"。

感谢我的父母,给了我一个幸福的童年。感谢童年,给了我一颗怎么也老不了的童心。我的诗,无论怎么假装深沉,但总也逃不脱读者敏锐的双眼。"铃子无论多大,总是有一颗少年心","哈哈!

老顽童！"这是我听到最多的对我的人、也是对我的诗的评价。

著名文学评论家、武大资深教授於可训老师，可以说是我文学路上的领路人，几十年前我加入作协，就得到於老师的美荐。之后的儿童文学创作，於老师一直都对我关心有加，经常的批评与指导，才使得我在创作之路上乐此不疲。

感谢我的学长、著名文学评论家王必胜，对我的诗歌给予了充分肯定与鼓励，也正是他的鼓励，我才萌发了将几年来的即兴之作结集付梓的念头。

感谢我的老师对我的鼓励和支持。国学大师李敬一老师是我的大学老师，他的唐诗宋词讲座，让我受益匪浅。路上碰见李老师，他都会不厌其烦地给我讲解古诗词写作技巧。给予我很多的鼓励支持和肯定。师恩伟大！诗恩难忘。

感谢《出版六家》及青年学者梅杰的支持！

感谢我的发小，所有的同学朋友，所有的诗友们！你们的长情陪伴，使我是那么的开心快乐；你们永远是我诗歌的生长之地和第一读者；你们的长情陪伴，让我的诗落地、生根。

感谢我的家人亲朋们，没有你们默默无闻的背后支持与成全，我的诗，会碎成一地。

最后，特别感谢长江文艺出版社，你们的兢兢业业，不辞辛苦，为人作嫁衣的精神，让我感动！你们的辛苦付出，才成就了我拙作的出版。

感恩！

2021 年秋月于珞珈山

图书在版编目（CIP）数据

木槿花儿开 / 铃子著. -- 武汉 ：长江文艺出版社，
2023.4
　ISBN 978-7-5702-3002-0

　Ⅰ. ①木… Ⅱ. ①铃… Ⅲ. ①诗集－中国－当代
Ⅳ. ①I227

　中国国家版本馆 CIP 数据核字（2023）第 021228 号

责任编辑：胡　璇　　　　　　　　责任校对：毛季慧
封面设计：源画设计　　　　　　　责任印制：邱　莉　　王光兴

出版：　长江出版传媒　　长江文艺出版社

地址：武汉市雄楚大街 268 号　　　邮编：430070
发行：长江文艺出版社
http://www.cjlap.com
印刷：武汉市籍缘印刷厂

开本：880 毫米×1230 毫米　　1/32　　印张：10　插页：2 页
版次：2023 年 4 月第 1 版　　　　2023 年 4 月第 1 次印刷
行数：6761 行

定价：48.00 元
